U0961194

望乡的牧神

余光中 著

中国友谊出版公司

壮游与雄心

——《望乡的牧神》新版序

《望乡的牧神》上承《逍遥游》，下启《焚鹤人》与《听听那冷雨》，是我壮年的代表作。里面的二十四篇文章，有的抒情，有的评论，都写于一九六六至一九六八年间，后脚还在壮岁，前脚却将踏进中年。岁月的重压已开始感到沧桑。书中的前五篇抒情散文，因为我刚从美国回来，仍然沉浸在新大陆的生动记忆之中，一时还难以把心收回这岛上。但毕竟有了沧桑，较近的新大陆之忆的背后，时隐时现，看得见更远的，更难忘的，旧大陆的回忆。

对于三十八九岁了，又回到岛上的我，大陆的回忆也有了层次，添了纵深。新大陆浩阔的空间令我联想到旧大陆茫茫的天地，但后者已远，只余下故国神游，而前者在心中似乎仍有视觉暂留，尾声袅袅，一时间挥之不去。从《咦呵西部》到《地图》，五篇新大陆的江湖行，字里行间仍有我当日的车尘轮印，印证我“独在异乡为异客”的寂寞心情。尤其是前面的四篇，篇幅都不短，却都写于一九六六年的九月和十月间，前后不过五个星期，而回台只有一个多月。这么密集的多产，足证我的美国经验有多萦心。

至于后面的十九篇评论，有正论也有杂文，有些是检讨现代文学的成败，有些则是重认古典文学的特色与价值，见证我正走到现代与古典的十字路口，准备为自己的回归与前途重绘地图。一生文学之旅，最初我从诗歌出发，再沿诗途进入散文，终于探入评论，所以我的散文里有诗，而评论里也含了散文，可谓一以贯之。本书《从“二房东”说起》一文，说到连散文都写不清楚的作者，绝无资格做批评家：“文字，是文学这一行的基本工具。连工具都拿不稳，手艺可想而知。一个文字粗鄙的批评家，正如一个衣衫褴褛的裁缝那样，不能赢得我们的信任。”裁缝的比喻，正是散文家更是诗人的当行本色。评论文章不必自绝于抒情的风格：高妙的评论可以是一种艺术，而不是一门科学。学问往往是笨重无趣的，见解才有个性与胆识，见解加上想象，就更动人。

当年我写《望乡的牧神》里这些文章，正值“文革”开始，风雨初来，行见神州风云，斯文扫地。隔了一湾浅浅的海峡，缪斯得以幸免偏安。“左派”人士嘲笑台湾的作家孤悬一岛，格局蹇促，自外于革命之主流，落伍极矣。我在台湾“政大”的高足温健骝甚至崇拜浩然，决定研究《金光大道》充他留美的博士论文，并且在“吾更爱真理”的大义之下，再三向我讽谏，不要自外于进步的主流。幸好我不相信那一套左道，竟在《六千个日子》一文中说：“目前，我们的创作受了政治现势的影响，似乎局限于台港的两千万可能读者，那气象，足堪比拟荷兰及比利时。可是我们不要忘了，七万万个中国人都可能是我们的读者。政治上的委屈只是暂时，但一个民族的文学是永恒的。”

这一段自勉自慰的大话，在一九六七年说来似乎螳臂当车、自不量力，在“左派”人士看来，当然更可笑了。但是四十年后，我在大陆出书已经超过二十本，而《乡愁》《等你，在雨中》《听听那冷雨》《我的四个假想敌》等十几篇诗文作品，也早已收入大学与各级中小学的课本，流传极广。我的大话并未虚发。

《望乡的牧神》于一九七四年由纯文学出版社初版，到一九八六年已经十二版。可惜后来林海音女士不再经营，大大方方把版权通通还给了众多作者。二十多年后，迄未再版的此书，终于由九歌推出这本新版，并经我亲自校对，修正了几处。在新版问世的前夕，我深深怀念旧版的慈爱保姆海音女士。

书名的出处有点曲折。英国大诗人弥尔顿年轻时为溺海夭亡的剑桥同学爱德华·金（Edward King）写过一首悼诗，名为《利西达斯》（*Lycidas*）。诗末弥尔顿为溺者招魂，唤他莫漂流海外，应回望故乡。那一句的原文是：Look homeward, Angel. 后来美国小说家托马斯·沃尔夫（Thomas Wolfe）曾用作他名著《天使，望故乡》的书名。弥尔顿此诗乃英语四大悼诗之冠，招魂一段之美丽与哀愁不下于《楚辞》，最合我当年旅美的心情，因借用以名吾书。

目录

咦呵西部

1

一过密苏里河，内布拉斯加便摊开它全部的浩瀚，向你。坦坦荡荡的大平原，至阔，至远，永不收卷的一幅地图。咦呵西部。咦呵咦呵咦——呵——我们在车里吆喝起来。是啊，这就是西部了。超越落基山之前，整幅内布拉斯加是我们的跑道。咦呵西部。昨天量爱荷华的广漠，今天再量内布拉斯加的空旷。

芝加哥在背后，矮下去，摩天楼群在背后。旧金山终会在车前崛起，可兑现的预言。七月，这是。太阳打锣太阳擂鼓的七月。草色呐喊连绵的鲜碧，从此地喊到落基山那边。穿过印第安人的传说，一连五天，我们朝西奔驰，踹着篷车的陈迹。咦呵西部。滚滚的车轮追赶滚滚的日轮。日轮更快，旭日的金黄滚成午日的白热滚成落日的满地红。咦呵西部。美利坚大陆的体魄裸露着。如果你嗜好平原，这里有巨幅巨幅的空间，任你伸展，任你射出眺望像亚帕奇的标枪手，抖开浑圆浑圆的地平线像马背的牧人。如果你瘾在山岳，如果你是崇石狂的患者米颠，科罗拉多有成亿成兆的岩石，任你一一跪拜。如果你什么也不要，你说，你仍可拥有犹他连接内华达的沙漠，在什么也没有的天空下，看什么也没有发生在什么也没有之上。如果你什么也不要，要饥饿你的眼睛。

咦呵西部，多辽阔的名字。一过密苏里河，所有的车辆全撒起野来，奔成嗜风沙的豹群。直而且宽而且平的超级国道，莫遮拦地伸向地平，引诱人超速、超车。大伙儿施展出七十五、八十英里[①]的全速。霎霎眼，几条豹子已经蹿向前面，首尾相衔，正抖擞精神，在超重吨卡车的犀牛队。我们的白豹追上去，猛烈地扑食公路。远处的风景向两侧闪避。近处的风景，躲不及的，反向挡风玻璃迎面泼过来，溅你一脸的草香和绿。

风，不舍昼夜地刮着，一见日头，便刮得更烈、更热。几百英里的草原在风中在蒸腾的暑气中晃动如波涛。风从落基山上扑来，时速三十英里，我们向落基山扑去。风挤车，车挤风。互不

---

① 1英里约为1.6千米。

相让，车与风都发脾气地啸着。虽是七月的天气，拧开通风的三角窗，风就尖啸着灌进窗来，呵得你两腋翼然。

霎眼间，豹群早已吞噬了好几英里，将气喘吁吁的犀牛队丢得老远。于是豹群展开同类的追逐，维持高速兼长途的马拉松。底特律产的现代兽群，都有很动听的名字。三四零马力的凯迪拉克，三六五马力的科维特，以及绰号“野马”的麦士坦以及其他，在摩天楼围成的峡谷中憋住的一腔闷气，此时，全部吐尽，在地旷人稀的西部，施出缩地术来。一时圆颅般的草原上，孤立的矮树丛和偶然的红屋，在两侧的玻璃窗外，霍霍逝去，向后滑行，终于在反光镜中缩至无形。只剩下右前方的一座远丘，在大撤退的逆流中作顽固的屹立。最后，连那座顽固也放弃了追赶，绿底白字的路标，渐行渐稀。

“看看地图，我们到了哪里？”

“刚才的路标怎么说？”

“Arlington（阿灵顿）.”

“那就快到 Fremont（弗里蒙特）了。”

“今天我们已经开了一百七八十英里了。”

“今晚究竟要在哪里过夜呢？”

“你看看地图吧。开得到 North Platte（北普拉特）吗？”

“开不到。绝对开不到。”

“那至少要开到 Grand Island。今天开不到大岛，明天就到不了丹佛。你累不累？”

“还好。坐惯了长途，就不累了。”

“是啊，一个人的肌肉是可以训练的，譬如背肌。习惯了之后，不一次一口气开个三四百英里，还不过瘾呢。不过一个人开车，就是太寂寞。你来了以后，长途就不那么可怕了。以前，一个人开长途，会想到一生的事情。抗战的事情，小时候的事情。开得愈快，想得愈远。想累了就唱歌，唱厌了就吟唐诗，吟完了又想。有时候，扭开收音机听一会儿。还有一次，就幻想你坐在我右边，向你独语，从 Ohio（俄亥俄州）一直嘀咕到 Pennsylvania（宾夕法尼亚州）……”

“怪不得我在家里耳朵常发烧。”

“算了，还讲风凉话！你们在国内，日子过得快。在国外，有时候一个下午比一辈子还长。”

“太阳又偏西了，晒得好热。”

“其实车外蛮凉的。不信你摸玻璃。”

“真的哪。再说热，还是比台湾凉快。”

“那当然了。你等到九月看，早晚冷得你要命，有时候还要穿大衣。”

“听说旧金山七月也很凉快。”

“旧金山最热最热也不过七十多度。”

“真的啊？我们到旧金山还有好多路？”

“我想想看。呃——大概还有，从 Grand Island 去，大概还有一千——不忙，有人要超车。这小子，开得好快，我们已经七十五了，他至少有八十五英里。你说，这是什么车？”

“——Mustang（野马）.”

“Thunderbird（雷鸟汽车）. 你不看，比‘野马’长多了。从大岛去旧金山，我想，至少至少，还有一千五百多英里，就是说，还有两千五六百公里。”

“那好远。还要开几天？”

“不耽搁的话，嗯，五天吧。不过——你知道吧，从芝加哥到旧金山，在中国，差不多等于汉口到哈密了。在大陆的时候，这样子的长途简直不能想象——”

“绝对不可能！”

“小时候，听到什么新疆、青海，一辈子也不要想去啊。在美国，连开五六天车就到了。哪，譬如内布拉斯加，不说有甘肃长，至少也有绥远那么大，拼命开它一天，还不是过了。美国的公路真是——将来回中国，我最怀念的，就是这种 superhighway（高速公路）——”

“小心！对面在超车！”

“该死的家伙！莫名其妙！这么近还要超车，命都不要了！我真应该按他喇叭的！”

“真是危险！”

“可不是！差一点回不了厦门街。真是可恶。有一次在纽约——”

“好热哟，太阳正射在身上。”

“我们去 Fremont 歇一歇吧。”

“也好。”

2

七月的太阳，西晒特别长。在弗里蒙特吃罢晚餐，又去一家电影院避暑。再出来时，落日犹曳着满地的霞光，逡巡在大草原的边缘。再上路时，已经快九点了。不久暮色四合，旷野上，只剩下我们的一辆车，独闯万亩的苍茫。捻亮车首灯，一片光扑过去，推开三百英尺[①]的昏黑。小道奇轻快地向前蹿着，不闻声息，除了车辆卷地，以及小昆虫偶或扑打玻璃的微响。毕竟这是七月之夜，暑气未退的草原上，有几亿的小生命在鼓动翅膀？不到十五分钟，迎着车灯扑来的蚊蚋、甲虫及其他，已经血浆飞溅，陈尸在挡风玻璃上，密密麻麻地，到严重妨碍视域的程度。而新的殉光者，仍不断地拼死扑来。即使喷洒洗涤剂且开动扫雨器，

① 1英尺约为30厘米。

仍不能把虫尸们扫净。普拉特河静静地向东流，去赴边境上，密苏里河的约会。我们沿普拉特河西驶，向分水岭下的河源。内布拉斯加之夜在车窗外酿造更浓的不透明，且拌着草香与树的鼾息与泥土的鸡尾酒。我们在桑德堡的无韵诗里无声地前进。美利坚在我们的四周做梦。隔了很久，才会遇见东行的车辆，迎面驶来。两个陌生人同时减低首灯的强光，算是交换一个沉默的哈啰。但一瞬间，便朝相反的方向，投入相同的夜，不分州界，也不分国界的黑天鹅绒之夜了。

3

大岛之后是丹佛，丹佛之后便是落基山了。

丹佛，芝加哥和西海岸间唯一的大城，落基山天栈的入口，西部大英雄水牛比尔埋骨之地。昔日篷车队扬尘的红土驿道，铺上了柏油，文明便疾驶而来，疾驶而去。

咦呵西部。我们也是疾驰而来的远游客啊，骑的不是英雄的白驹，是底特律种的白色道奇。饶是底特律种的一四五马力的白兽或雪豹，上了落基大山，一样得小心翼翼，减速蛇行。于是内布拉斯加的阳关大道，蜿蜒成一盘接一盘的忍耐和惊险。方向盘也是一种轮盘，赌下一个急转弯的凶吉。现代的车队，紧跟着一辆二十轮的铝壳大卡车，形成一条长长的蜈蚣。如果有谁冒冒失失要超车，千仞下，将有一个黑酋长在等他，名字叫死亡。出了丹佛才二三十英里，七月便赖在底下的红土高原，不肯追上来了。绰号“一里高城”的丹佛，仍在华氏八十多度中喘气。到了情关（Loveland Pass），气温骤降二十多度，现代的骑士们，在峭达一万两千英尺的情土上，皆寒心而颤抖起来。车队在雪线上走钢索，左倾不得，右倾也不得。绕过左边的石壁，视域豁豁敞开，一万四千英尺的雪峰群赫赫在望。左面是艾文思山和更高的格雷峰，右面是哈加峰和奇诡的赤峰。森严的气象当顶盖下，扪不到撑不开的皑皑压迫着黝黯与黛青，凛凛俯视我们。万籁在下，火炎炎的酷暑在下。但此地孤峻而冷，矗一座冬之塔。即使全世界在下面齐呼，说夏天来了啊太阳在平原上虐待我们啊怎么你们还是在旁观，你以为哈加峰会扔一粒松子下去，为他们遮阴？事实上，过了情关，世界便关在脚底，冥冥不可闻了。面对聋哑的山岳如狱，呼吸困难，分不清因为空气稀薄，或是一口气吸不进全部的磅礴。睫毛太纤细，怎么挑得起这些沉甸的雄奇？

因为这是落基大山，最最有名的岩石集团。群峰横行，挤成千排交错的狼牙，咬缺八九州的蓝天。郁郁垒垒，千百兆吨的花岗岩片麻岩，自阿拉斯加自加拿大西境滚滚碾来，龙脉参差，自冰河期自火山的记忆蟠来，有一只手说，好吧，就在此地，于是就劈出科罗拉多州，削成大半个西部。因为这是落基大山，北美洲的背脊，一切江河的父亲。大陆的分水岭，派遣江河向东海岸向西海岸远征，且分割气候，屏障成迟到的上午和早来的黄昏。因为这是落基大山，年富而且男性，鼠蹊下，正繁殖热烘烘的黄铜与金。而且，也没有任何剃刀，敢站起来说，它可以为他剃须。

但如果米芾当真要创一个拜石教，我倒要建议他不忙在此地设庙了。情关南北，一万四千英尺的高峰交臂叠肩，怕不有数十座，但山势连绵，苍茫一体，这翠连环好难拆。至于奇峰崛起，或是无端端地数石耸然对立，或是从天外凭空插下一柄巨石若斧，或是毫无借口地从平地长出一根顽石如笋，或是谁莫名其妙切出一整幅的绝壁像切蛋糕，怎么说也不能令人相信，那真是要好怪有好怪——至于这种奇迹，我说，就要过了大分水岭，才朝拜得到了。

科罗拉多西陲，峙立犹他州入口附近，悍然俯觎大站城（Grand Junction）的不毛石山，便是这种奇迹之一。蟠蛟走蟒，饿成爪形的山系，水浸风吹，凿成体魄慑人的雕塑巨构，在平旷的科罗拉多河域上，供数十英里的峥嵘。那气象，全看你怎样去赞叹。欲观其实，则你看见峻峭竞起的连嶂之上有连嶂。欲观其虚，则连嶂阻隔，形成好深邃好险峭的峡谷。寸草不生的巨幅绝壁上，露出层次判然的地质年代，造石的纹路切得好整齐。氧化铁的砂岩，在湿度近零能见度至远的高原气候里，迎着灿亮但不燠闷的阳光，晃动黄褐欲赤的面容。阔大的肃穆并列着，如一页页公开的史前秘密，恐怕连印第安的老祭师也读不出什么暗示。但表情笨拙的岩石，反而令你感到单纯的温暖和亲切。

车在百折的危崖边继续爬行，大气稀薄的高亢之上，引擎温度可忧地在上升。每每转过一个峰头，停在长且宽的峡谷尽处。两个石壁砉然推开如门，一时平原在门外向你匍匐，几个郡伏在你脚下，刹那，你是神。你是米南宫，你面石而坐，坐众石之间。即使红蕃摇旄挥戈鼓声盈耳来追你，米南宫，你也舍不得走了。

至于岩石们自己，应该是无所谓的。面容古朴而迟钝，不悲，不喜，如一列列红人酋长僵坐在那里，在思索一些脑力不能负担的玄学，就这样以相同的沉默接受太阳，接受风雨和一切。高原上，石的哑剧永远在演出，很少观众，也很难见到什么动作。只要太阳有耐性看下去，我想，他们一时还不会就结束。但是我们也不必担心了，米芾。

4

滚下落基山的西坡，就卷起了大半个科罗拉多州了。绝对有毒的太阳，在犹他的沙漠上等待我们。十亿支光的刑讯灯照着，就只等我们去自首了。咦呵西部我来了。

咦呵咦呵我来了，没遮没拦的西部。犹他。内华达。令人苍老的名字，曳着多空洞多辽阔的母音，而且同韵。犹他犹他内华达——令人迷失令人四顾茫然的咒语。冰河期的洪泽大撤退后，一切都距离得很远很远很远。芝加哥在吃奶纽约在换牙之前就是这样子。淘金潮湿不了沙漠。篷车队之前就是，联邦的蓝骑兵之前，呼阵的红蕃武士之前，喝道而来的火车之前就是这样子。风为它沐浴，落日为它文身。五月花之前哥伦布船长之前早就是这个样子。大智若愚的样子，绝无表情的荒沙台地，兼盲兼聋兼会装死，什么也看不见听不见，而且一躺下去就是好几百英里再也别想他爬起来了。说他不毛，他忽然就毛几丛给你看看。紫蕊满地爬的魔鬼指。长颈长茎的龙舌兰。红英烂漫大盏大盏的鹿角羊齿。大球大球的紫针插，以及莫名其妙的抵死不肯剃胡子的那伙仙人掌，绰号“萨瓜罗”“雀刺”“千刺梨”，以及其他。植物里的Beatniks（避世派），名字都蛮好听的，且相信存在主义。也就罢了。以前总觉得沙漠之为物——或者为人，随你怎么说——干净是干净没话说，就是缺那么一点点幽默感。大谬不然。他只是装死罢了。仔细看，他还是在呼吸的。嘘息拂动，不时会有一缕沙，在炎风中螺纹一般盘旋上升，像龙卷风的小型样品。黄沙浩浩，假面具下窝藏多少鼠和狐，蜥蜴和蜘蛛？生命以不同的方式在沙下在沙面在沙上存在而且活动。旱灾到底不是那样不美丽的一种天谴。

去盐湖城的六号公路上，车辆仍然在奔驰，车首灯下挂着水囊。大气炎炎，自沙面蒸起，幻化单调的景象。煎熔了的柏油在轮胎下哭泣。水！水啊水啊哪里有清凉的水？海神在旧金山湾外听不见此地的旱灾。最近的加油站在三十英里外。最近的湖距此两个半小时。水在降低，引擎的热度可忧地在上升。因为这是沙漠的七月，拜火教在焚烧所有的异教徒，且扛着太阳在示威。我们不容于天地之间。辐射热当空炙下来，曲折反射成网。车厢是烤箱，翻过来覆过去是一样地不可逃避。深绿的太阳眼镜软弱地抵抗十亿烛光的刑讯灯。犹他的太阳鞭笞着我们。一连七小时的疲劳审问，在最白热的牢狱最最黑暗最最隔音的斗室，我已经准备招供了，招认我是拜水教的信徒我私恋水神私恋所有湖泊的溪涧的水神事实上我正企图越境去投奔。

“水壶给我。”

“一滴水都没有了。”

“该死的犹他！除了沙，什么也没有！科罗拉多只有一堆红石。犹他，穷得剩一把黄沙。”

“骂也没有用，还有一百多英里才到盐湖城呢。”

“就不要提盐湖了。想想都令人喉痛。”

“真是。这样热！四面都是黄沙。”

“我们在西部片里了。你看，那边一列红土岗子。应该冒出红蕃在上面列阵才对。”

“只要他们给我水喝，就被他们捉去也甘心。”

“算了吧。先剥我的头皮，再俘你去给酋长生小红蕃。”

“不要瞎说！”

“你看看自己。不是晒得跟红蕃一样红通通、油光光吗？这种沙漠里的太阳最毒辣。狠狠熬上三天，这两条臂膀准烙上犹他的州徽。回国去，可以向人炫耀，看哪，我是从犹他的炼狱里逃出来的，这便是我的惩罚。”

“你不是崇拜阿拉伯的劳伦斯吗？才这么几天，又不是骑骆驼，就满口炼狱炼狱的了。”

“我倒觉得你煨得更腴了，雌得一塌糊涂！女人本来就应晒得红一截白一截的，那样特别诱——”

“Oh, shut up（别说话）！看！前面的火车！好长好长！你说是不是去盐湖城的？啊，是吗？真像西部片子一样！火车走得好快！你说，就凭骑马追得上火车吗？我倒不信。”

“我也不信。骑马最多四十英里。这火车怕不有七十多英里。”

“我们追追看。”

“咦呵西部！劫火车的来了！”

5

那天我们一路追那辆火车，追到盐湖城。那确是一场够刺激的比赛，尽管对方不知道它是假想敌。在平野上，看那种重吨而长的现代兽呼啸踹奔，黑而漂亮，是令人振奋且诱人追逐的。几度它蹿进了山洞，令我们奇怪它怎么忽然失踪了。

三天后，我们闯过了这一大片荒原，驰近加州的边境。会施术的太阳还不肯放过我们。每天从背后追来，祭起火球。每天下午他都超过我们，放起满地的火，企图在西方的地平拦截。幸而我们都闯过来了，没有归化为拜火的蜥蜴和蜘蛛，但我们的红肤泄露了受刑的经过。我们想，一进加州就安全了。水。我们在梦里总是看见水，清凉而汪洋而慷慨的蓝色，蓝色的生命。我们想，有一个湖就好了。

我们果然有了一个湖。

湖在内华达的西部。由于它在派犹特印第安人的保护区内，虽然柔丽得像一个印第安小公主，到底还没有出嫁，有勇气闯进去幽会的单身汉一直不多。由于她的诱惑不是公开的，我说，没有白人游客成群来去，像他们集体蹂躏尼亚加拉大瀑布那样；因此我们更有理由认为，她是我们的。我们相互保证，无论将来是战争或是和平，她永远属于我们。就这样将她留在寂天寞地的内华达山国，虽然没有什么不放心，究竟有些难于分割。尽管有一天，我们可能回去看她，只怕她还是那样年轻，而我们却老得狼狈了。

派犹特族人叫她金字塔湖（Pyramid Lake），倒令我们想起尼罗河畔，另一种沙漠熏成的暗媚。而无论是爱伊达或者波卡杭达，她给人的印象，总是一种丰满的妖艳，一种茶褐色的秘密，被湛湛的蓝水汪汪的蓝所照亮。内华达的大盆地，比犹他更阔大。原子武器的试验场，不毛的大漠中闪闪怒开炸弹的死亡昙花，昙花幻化成有毒的菌啊，膨胀得多诡谲的白菌。任你蹂躏人造的炼狱，此地的山中一无所闻。世界很少闯进来过。越战和东柏林，像恺撒的战争一样不现实。华尔街的股票涨起又落下，你以为平滑的湖面会牵动一条波纹？站在金字塔湖边，我们恍然了，面对这隔音的隔世的隔音。山静着公元前的静。湖蓝着忘记身世的蓝。不知名的白水禽，以那样的蓝为背景，翔着一种不自知的翩翩，不芭蕾给谁看也不看我们。

因为那是金字塔湖，冰河期的拉洪坦湖（Lake Lahontan）浸吞之地。大半个内华达泡在渺渺的龙潭之中，直到冰河期宣告大退却，仅留下零零落落的几汪小湖。金字塔便是遗孤之一。困在内华达的犬齿山阵里，已经是高海拔的湖面，倒映海拔更高的山峰。七千八百英尺的拔伦峰蔽于北。八千一百英尺的托哈肯阻于东。更高的巴拉山和土垒峰围成西南的崇峻。整块内华达结成一片咸咸的台地，粘着西犹他的大盐湖沙漠。说那是沙漠，并不正确，因为不毛的童山之间，尽是含盐甚浓的白沙黏土。寸绿不生，氯化钠的荒原有一种死亡的美。白色的死亡散布在金字塔湖四周，像一块块病态的白癣皮，形成了烟涧沙和黑石沙漠，形成了咸原、亨伯特洼地和涸了的温尼缪加湖。

最大的一块，南北百英里，东西四十英里，横阻在盐湖城和内华达之间。那便是险恶的大盐湖沙漠，我们曾在其上抛锚。地质学家说，此地原是古代的邦纳维尔湖（Lake Bonneville），渐渐干去，留下了沙漠，未干的部分，形成有名的大盐湖。站在金字塔湖的洁蓝之上，我们想起那夜在大盐湖泛舟的经验，胃里泛起一股酸涩。多狰恶的水之汇合！七十五英里长、五十英里阔、十三英尺深的巨盐池，西半球的死海，盛多少万吨的盐！平底船在腥咸的黑波间颠踬前进，沙漠的热风吹来，拂我们满脸满臂的盐花，像为了悲悼什么而刚刚哭过。鼻孔如煽，火辣辣的喉头难咽口水。黑舌舐过的地方，以手扶舷，立刻粘上薄薄的一层粗盐。无月夜。岸上也无光。四周吮吸有声的是黑波不可测的黑波黑涛黑波涛，浴几匹轮廓可疑的岛。众人在昏茫中交换忧虑的面容，似乎在说，今夜大概是难以幸免了。不是水鬼，也溺为阴诈的腌鱼。

“水里是没有鱼的。”向导安慰我们。“这大盐湖含盐量五分之一，除了死海，便是最咸的海了。所以一条鱼也没有。可是水里还是有生命的——”

“什么生命？”一个声音不安地说。

“哦，没有什么，只是一种极小极小的虾，淡红色的，叫盐虾，满湖都是。今晚浪是大些。放心，船没事。就算有人要跳水自杀，也沉不下去的。”

“那不是可以放心大胆游到对岸去吗？”

“是有人试过。死了。”

“死了？为什么？”

“湖好宽，你不看？游到半路，力尽了，灌了太多咸水。”

那真是一次自虐的死亡航行。想起来，犹有余悸。大分水岭的晕眩之后沙漠的煎烤之后是盐池的腌渍之后，才遁入金字塔原始的静谧、安全。从南方进入印第安保护区，一路是空廓廓的平台地。山路渐渐斜下去，视野向前向下做纵深的推移。忽然，我说是忽然，因为在你来得及准备之前，一汪最抒情的蓝便向你车首卷了过来。谁能一口气咽下这么开阔的静呢？下一瞬，十英里的清澄便匍匐在你脚下了。停车在阔软如双人床的沙岸上。我们向完整的纯蓝奔去，拨开被高原的太阳晒得又干又松的空气。已然是七月中旬了，湖水却冰得踝骨发痛。遂在水边的凝灰岩上坐下来怔怔地望湖。古代热喷泉的遗迹，多孔如海绵的凝灰岩，像一些笨重的哑谜，散乱成堆地在湖边排成费解的阵图。纯净的阳光照在上面，增加多少阴影的侧面。我们倚坐的一块特别大，玲珑的白珊瑚凝结成一具巨型的螺壳，壳缘回旋，我们立在螺中，探出头去，望远处碐磳的瘦石，僵立成贾可美蒂的画廊，排出参差的小小列屿，迤逦入水，止于一座圆锥形的褐色小峰。那便是金字塔了。

忽然有异声来自背后，回头眺寻，发现有波动的褐色曳成一线，自巴拉山下的牧场向这边蜿蜿游来。“是马群！是马群！”我们跳出螺壳，向上面跑去。不久我们便看清楚，那是十几匹栗色马中间夹一匹白驹，正向我们扬尾奔驰。兴奋的等待中，马群已经踢起滚滚的尘埃，首尾相衔，十码[①]外，正超越前面的公路。一时马蹄拨地，艳阳下，晒得汗光生油的黄褐肌腱澎湃如涨潮，长颈和丰臀起伏流动，修鬣和尾巴飏在风中。白驹紧随母亲，通体纯白，对照鲜明地在褐流中浮沉前进，栗色的骍披着黑鬣，黄色的骍曳着金鬣，奔腾中，一匹比一匹俊逸，不能决定最喜欢哪一匹神骏。但那只是几分钟的过程，褐波如泻，一转瞬便只见消逝中的背影了。金字塔湖更显得寂静。

但我们不能久留。今晚我们必须到雷诺。世界在外面现代在外面等待我们，等我们去增加拥挤去忍受现代街道的喧嚷和寂寞和摩天大厦千窗漠视的冷酷。美仅仅是一种迷信，是否永恒，还很难说，因为谁也不能跳出时间之流。也许地球有一天会化成一阵烟，不预先寄一套莎剧给火星人保管，怎能确知莎士比亚为永恒？也许有禽兽比马比孔雀更美丽，当时未登诺亚的方舟。也许疑来疑去，龙并非一种显赫的传说。蛇鼠遍地，蚊蝇繁殖，虎在亚洲日减，鹰在西部可能要绝迹。也许我们不该诉苦，说美是如何短暂。也许恰恰相反，我们该庆祝，因为美仍然可能，即使仅

① 1码约为0.9米。

仅是一瞬。咦呵西部，天无碍，地无碍，日月闲闲，任鸟飞，任马驰，任牛羊在草原上咀嚼空旷的意义。但我们不能久留。有一条海船在洛杉矶等我，东方，有一个港在等船。九命猫。三窟兔。五分尸。因为我们不只生活在一个世界，虽然不一定同时。因为有一个幼婴等待认她的父亲，有一个父亲等待他的儿子。因为东方的大蛛网张着，等待一只脱网的蛾，一些街道，一些熟悉的面孔织成的网，正等待你投入，去呼吸一百万人吞吐的尘埃五千年用剩的文化。而俯仰于其中，而伤风于其中，而患得患失于其中。今晚我们必须到雷诺，雷诺，西部的后门，扑克牌搭成的赌都。咦呵西部。但我们必须回去，没有选择。咦呵爱荷华，咦呵内布拉斯加。咦呵科罗拉多。咦呵犹他和内华达。咦呵西部。

南太基

从什么时候起甲板上就有风的，谁也说不清楚。先是拂面如扇，继而浸肘如水，终于鼓腋翩翩欲飞。当然谁也不愿意就这样飞走。满船海客，纷纷披上夹克或毛衫。黄昏也说它冷了。于是有更多的鸥飞过来加班，穿梭不停，像真的要把暝色织成更浓更密的什么。不再浮光耀金，落日的海葬仪式已近尾声，西南方兀自牵着几束马尾，愈曳愈长愈淡薄。收回渺渺之目，这才发现原是庞然而踞的大陆，已经夷然而偃，愈漂愈远，再也追不上来了。红帽子，黄烟囱，这艘三层乳白渡轮，正踏着万顷波纹，施施驶出浮标夹道的水巷，向汪洋。

仍有十几只鸥，追随船尾翻滚的白浪，有时急骤地俯冲，争啄水中的食物。怪可怜的芭蕾舞女，黄喙白羽，洁净而且窈窕，正张开遒劲有力的翅膀，循最轻灵最柔美的曲线，在风的背上有节奏地溜冰。风的背很阔，很冰。风的舌有咸水的腥气。乌衣巫的瓶中，夜，愈酿愈浓。北纬四十一度的洋面，仍有一层翳翳的毛玻璃的什么，在抵抗黑暗的冻结。进了公海，什么也摸不到握不着了。我们把自己交给船，船把自己交给虚无，谁也负不了责任的完整无憾的虚无。蓝黝黝的浑沦中，天的茫茫面对海的茫茫面对的仍是天的茫茫，分辨不清，究竟是天欲掬海，或是海欲溺天。

前甲板风大，乘客陆续移到后甲板来。好几对人影绸缪在那边的角落里。一个年轻的妈妈，抱着幼婴，倚在我左侧的船舷。昏朦中，她的鼻梁仍俏拔地挺出，衬在一张灰白欲溶的云上。妈妈和婴孩都有略透棕色的金发，母女相对而笑的瞳仁中，映出一些淡淡的波影。一个白发老叟陷在镂空的凉椅内，向自己的烟斗，吞吐恍惚。海客们在各自的绝缘中咀嚼自己的渺小，面对永不可解的天之谜，海之谜，夜之谜。空空荡荡，最单纯的空间和时间最难懂，也最耐读。就像此刻，从此地到好望角到挪威的长长峡湾，多少亿公秉的碧洪咸着同样的咸，从高纬度的防波堤咸到低纬度的船坞，天文数字的鲨、鲸、鲱、鳕和海豚究竟在想些什么？希腊的人鱼老了。西班牙的楼船沉了。海盗在公海上已绝迹，金币未锈，贪婪的眼珠都磨成了珍珠。同样的咸，咸了多少世纪，水族们究竟在想些什么？就像此刻，我究竟在想什么？读天，读夜，读海。三本厚厚的、空空的书，你读了又读，仍然什么也没有读懂但仍然爱读，即使你念过每一丛珊瑚每一座星。三小时的航程，短暂的也是永恒的过程，从一个海岸到另一个海岸。海岸与海岸间，你伸向过去和未来，把躯体遗在现在，说，陆地不存在，时间静止，空间泯灭，让我从容整理自己的灵魂。因为这只是过渡，逝者已逝，来者犹未来，你是无牵无挂的自己。一切都纯粹而且透明。空间泯灭。时间休止。而且，我实在也很倦了。长沙发陷成软软的盆地，多安全的盆地啊。我想，我实在应该横下去了。

不知道自己究竟睡了多久，只知道醒来时，渡轮的汽笛犹曳着尾音，满港的回声应和着。“南太基到了。”一个中年的美国太太对我笑笑。仓促间，我提起行囊加入下船的乘客，沿着海藻和蛤蜊攀附的浮桥，踏上了南太基岛。冽冽的海风中，几盏零零落落的街灯，在榆树的浓荫和幢幢古屋之间，微弱地抵抗着四围的黑暗。敞向码头的大街，人影渐稀。我沿着红砖砌成的人行道走过去，走进十七世纪。摸索了十几分钟，我不得不对自己承认是迷路了。对街的消火栓旁，正立着一个警察。我让过一辆五七或五八的老福特，向他走去。

用疑惑的神情打量了我好一会儿，他才说：“要找旅馆吗？前面的小巷子向左转，走到底，再向右转，有一家上等的客栈。”遵循他的指示，我进了那个小巷子，但数分钟后，又迷了路。冷落的街灯和树影里，迷魂阵的卵石路和红砖路，尽皆曲折而且狭窄而且一脚高后是一脚低。这条巷子貌似那条巷子冒充另一条含糊的巷子。一度我闯进了一条窄街，正四顾茫然间，鬼火似的街灯拨出一方朦胧，凑上去细细辨认，赫然“Coffin”六个字母！惶然急退出来，惊疑未定，忆起似乎在《白鲸》的开头几章见过那条“棺材街”。幸而再转一个弯，便找到一家“殖民客栈”。也幸好，客舍女主人是一个爱笑的棕发碧睛的小妇人，可亲的笑容里，找不出任何诡谲的联想。讲妥房价，我在旅客登记簿上签了自己的名字：Pai Ch'in。于是那双碧睛说：“派先生，让我带你去你的房间吧。”欣然，我跟她上楼并走过长长的回廊，一面暗暗好笑，那只是中文“白鲸”的罗马拼音。

一切安顿下来，已经是午夜了。好长的一天。从旭日冒红就踹上了新英格兰的公路，越过的州界多于跨过的门槛，三百英里的奔突，两小时半的航行之后，每一片肌肉都向疲乏投降了。淋浴过后，双人床加倍地宽大柔软。不久，大西洋便把南太基摇成了一只小摇篮了。

再度恢复知觉，感到好冷，淅沥的行板自下面的古砖道传来。岛上正在落雨。寒湿的雨气漾进窗来，夹着好新好干净的植物体香。拉上毛毡，贪馋地嗅了好一阵，除了精致得有点餍鼻搔心的蔷薇清芬，辨不出其他成分来。外面，还是黑沉沉的。掏出夜光表，发现还不到四点钟。蔷薇的香气特别醒脑，心念一动，神志爽爽，再也睡不着了。就这样将自己搁浅在夜的礁上，昨天已成过去，今天尚未开始。就这样孤悬在大西洋里，被围于异域的鱼龙，听四周汹涌着重吨的蓝色之外无非是蓝色之下流转着压力更大的蓝色，我该是岛上唯一的中国人，虽然和中国阻隔了一整个大陆加上一整个大洋。绝缘中的绝缘，过渡中的过渡。雨，下得更大了。寒气透进薄薄的毛毡。决定不能再睡下去，索性起来，披上厚夹克，把窗扉合上。街上还没有一点破晓的消息。坐在临窗的桌前，捻亮壁灯，想写一封长长的航空信，但是信纸不够。便从手提袋里，拣出《白鲸》，翻到《南太基》一章，麦尔维尔沉雄的男低音遂震荡着室内的空气。

“南太基！拿出你的地图来看一看。看它究竟占据世界的哪个角落；看它怎样立在那里，远离大陆，比砥柱灯塔更孤独。你看——只有一座土岗子，一肘湾沙；除了岸，什么背景都没有。此地的沙，你拿去充吸墨纸，二十年也用不完。爱说笑的人会对你说，岛民得自种野草，因为岛上原无野草；说蓟草要从加拿大输来；说为了封住一只漏油桶，岛民得去海外订购木塞；说他们在岛上把木片木屑携来携去，像在罗马携带十字架真迹的残片一样；说岛民都在门前种蕈，为了夏天好遮阴；说一片草叶便成绿洲，一天走过三片叶子便算是草原；说岛民穿流沙鞋子，像拉布兰人的雪靴；说大西洋将他们关起来，系起来，四面八方围起来，堵起来，隔成一个纯粹的岛屿，怪不得他们坐的椅子用的桌子都会发现粘着小蛤蜊，像黏附在玳瑁的背甲上那样。这些耸听的危言莫非说明南太基不是伊利诺伊罢了。

“莫怪这些出生在岸边的南太基人要向海索取生活了！开始他们在沙滩上捉蟹；胆子大些，便涉水出去网鲭；经验既多，便坐船出海捕鳕；最后，竟遣出整队的艨艟巨舟，去探索水的世界，周而复始地环绕着泽国；或远窥白令海峡；不分季节，不分海域，向《旧约》洪水也淹不死的最雄壮的宏伟兽群无尽止地挑战，最怪异的最嵯峨的兽群！

“就像这样，这些赤条条的南太基人，这些海上隐士，从他们海上的蚁丘出发，去蹂躏去征服水的世界，如众多的亚历山大；且相约分割大西洋、太平洋、印度洋，像海霸三邦瓜分波兰。任美国将墨西哥并入得克萨斯，吞罢加拿大再吞古巴；任英国占领印度，悬他们的火旗在太阳上；我们的水陆球仍有三分之二属南太基人。因为海是南太基人的；他们拥有海，正如帝王拥有帝国；其他的舟子只能过路罢了。南太基的商船只是延长的桥梁；南太基的武装的船只是浮动的堡垒；即使海盗与私掠船员，纵横海上如响马纵横陆上，毕竟掠劫的只是其他的船只，像他们自身一样的飘零的陆地罢了，何曾要直接向无底的海洋讨生活。南太基人，只有他们才住在海上喧嚷在海上；只有他们，如《圣经》所载，是骑舟赴海，往返耕海像耕自己的大农场，海是他们的家；海是他们的生意，诺亚的洪水亦无法使之中断，虽然它淹没中国的亿万生灵……”

这真是《山海经》了。麦尔维尔只解诺亚避洪，未闻大禹治水罢了。窃笑一声，我继续读下去：“南太基人生活在海上，像松鸡生活在平原；他们遁于波间，他们攀波浪像羚羊的猎人攀阿尔卑斯。陆上无家的海鸥，日落时收敛双翼，在波间摇撼入梦；相同地，夜来时，南太基人望不见陆地，卷起船帆卧下来休息，就在他们枕下，成群的海象和鲸冲波来去。”

不知何时雨已经歇了。下面的街上开始有人走动。不久，卵石道上曳过辘辘的车声。壁灯的黄晕，在渐明的曙色里显得微弱起来。合上厚达八百页的《白鲸》，捻熄了壁灯，我走向略有红意的曙色，把窗扉推开。蔷薇的嘘息浮在空中，犹有湿湿的雨味自泥中漾起。清晨嫩得簇簇新，没有一条皱纹。当街一排大榆树，垂着新沐的绿发，背光处的丛叶叠着层次不同的翠黑。饮着洗得透明的空气，忽然，我感到饿了。

从“殖民客栈”出来，一个灿亮而凉爽的早晨在外面迎我，立刻感觉头脑清醒，肺叶纯净，每一次呼吸都是一次新生。出了窄巷子，满身鲜翠的树影，榆树重叠着枫叶的影子，在刚炼出炉的金阳光中，一拍，便全部抖落了。粗卵石铺砌的大街上，晨曦亮得撩人眉睫。两边的红砖人行道，浮着荇藻纵横的树荫，菜贩子、瓜果贩子、卖花童子，在薄雾中张罗各自的摊位，烘出一派朝气。那淡淡的雾氛，要叠叠不拢，要牵牵不破，在无风的空中悬着一张光之网。

大街向港口斜斜敞开，蓝色的水平被高矮不齐的船桅所分割，白漆的船身迎着太阳加倍地晃眼。星条旗在联邦邮局的上空微微拂动。圣玛丽天主堂从殖民式的白屋间巍然升起。终于走进一家海味店，点了一碗蛤蜊浓羹，面海而坐。港内泊着百十来只精巧的游艇和渔船，密樯稠桅之间，船的白和水的蓝对比得鲜丽刺眼。港外，是鸥的跑道鲸的大街，盛得满满蓝得恍恍惚惚的大西洋。这里是南太基，十九世纪中叶以前，这里是渔人的迦太基帝国，世界捕鲸业的京城。一八四〇年，全盛期的南太基点亮了大半个世界的蜡烛，那时，眼前的这港中，矗立七十艘三桅捕鲸船的幢幢帆影。在那以前，岛上住着四个印第安部落。然后是十七世纪的教友派移民。然后有人用三十金镑外加两顶海狸帽子就把南太基买了下来。但那些都是好久好久以前的事了。合上厚厚的《白鲸》，就统统给盖起来了。不信，你可以去问大西洋，它一定蓝成一种健忘的蓝来，把一切一切赖得一干二净。“哪，你点的蛤蜊浓羹！”浆得挺硬的女侍的白衣裙遮住了港景。

食罢蛤粥，沿着已经醒透了的大街缓缓步回市中心，向岛上唯一的租车行租到一辆敞篷汽车。那是一辆老克莱斯勒，车身高耸而轮廓鲁钝，一副方头大耳的土相，叙起年资来，至少至少是一九五六年、一九五七年以前的出口品，可以当我那辆小道奇的舅公而有余。只好付了五十元押金，跨上招摇的驾驶台，敧斜倾侧，且吆且喝地一路闯出城去。

过了浸信会教堂，过了曾掀起荷兰风的十七世纪老磨坊，老克莱斯勒转进一条接一条的红砖巷子。丛丛盛开的白蔷薇红玫瑰，从乳色的矮围栅里攀越出来，在蜘蛛吐丝的无风的晴朗里，从容地，把上午酿得好香。更烂更烂的花簇，从浅青的斜屋顶上泻落到篱门或夏廊，溅起多少浪沫。已经是九点多钟了，还有好多红顶白墙的漂亮楼房，赖在深邃的榆荫里不出来晒太阳。一出了橙子街，公路便豪阔地展开在沙岸，向司康赛那边伸延过去。我向油门狠狠踩下，立刻招来长长的海风，自起潮的水面。没遮拦的敞篷车在更没遮拦的荒地上迎风而起，我的须发，我的四肢百骸千万个汗毛孔皆乘风而起，变成一只怪狼狈的风筝。麦尔维尔所说一车成林的旱象，委实是夸张了。也许百年前确是如此，但眼前的海岸上，虽因岛小风大高树难生，在浅沼和洼地之间，仍有一蓬蓬的蓟和矮灌木。沙地起伏，成缓慢土丘。除了一座遗世独立的灯塔和几堆为世所遗的苍黑色块垒，此外，便只有一片蓝蒙蒙的虚无，名字叫大西洋，从此地一直虚无到欧洲。吞吐洋流的硕大海兽，仍在虚无的蓝域中，喷洒水柱，对着太阳和月亮和诺亚以前就是那样子的星象。十九世纪似乎从未发生过，《白鲸》只是一个雄壮的谣言，麦尔维尔的玩笑开得太大了。魁怪客，塔士提哥。依希美尔和阿哈布船长。麦老胡子啊，倒真像有那回事似的。

在纯然的蓝里浸了好久。天蓝蓝，海蓝蓝，发蓝蓝，眼蓝蓝，记忆亦蓝蓝乡愁亦蓝蓝复蓝蓝。天是一个珐琅盖子，海是一个瓷釉盒子，将我盖在里面，要将我咒成一个蓝疯子，青其面而蓝其牙，再掀开盖子时，连我的母亲也认不出是我了。我的心因荒凉而颤抖。台湾的太阳在水陆球的反面，等它来救我时，恐怕我已经蓝入膏肓，且蓝发而死，连蓝遗嘱也未及留下。细沙岸上，曝着被鸥啄空了的鳀骸，连绵数里的腐鱼腥臭。乃知死亡不必是黑色的。巴巴地从纽约赶到这荒岛上来，没有看到充塞乎天地之间的那座白鲸，没有看到鼓潮驱浪的巨鲸队，不，连一扇鲸尾都没有看到，只捡到满湾的小鳀尸骸。我迟来了一百多年。除非敲开一道蓝色的门，觐海神于千寻之下，再也看不到十九世纪的捕鲸英雄了，再也看不到殉宝的海盗船，为童贞女皇开拓海疆的舰队，看不见，滑腻而性感的雌人鱼。海是最富的守财奴，永不泄露秘密的女巫。我迟来了好几千年。

我看我还是回去的好。风渐起。浪渐起。那蓝眼巫的咒语愈念愈凶了。何必调遣那么多里的深阔，来威胁一个已够荒凉的异乡人？蓝色的宇宙围成三百六十度的隔绝，将一切都隔绝在蓝的那边，将我隔绝在蓝的这边，在一个既不古代也不现代的遗忘里。因为古代已锁在塔里，在我的祖国，已锁在我胸中，肺结核一般锁在我胸中。因为现代在高速而晕眩的纽约，食蚁兽吮人一般的纽约。因为你是不现实而且不成熟的，异乡人，只为了崇拜一支难得充血的笔，一种雄厚如斧野犷如碑的风格，甘愿在大西洋的水牢里，做海神的一夕之囚。因为像那只运斤手一样，你也嗜伐嗜斩，总想向一面无表情的石壁上砍出自己的声音来。因为像它一样，你也罹了史诗的自大狂，幻想你必须饮海止渴嚼山充饥，幻想你的呼吸是神的气候，且幻想你的幻想是现实。

敞篷车在蓝色的吆喝声中再度振翼，向南太基港。所有的浪卷过来拦截。回程船票仍在我袋中，渡轮仍在港里。这是越狱的唯一机会了。风渐小，浪渐不可闻。进了市区，在捕鲸业博物馆前停下来，不熄引擎，任克莱斯勒喃喃诉苦如一只大号的病猫。仍想在离去前再闯一次十九世纪的单行道。一跨进梁木丫杈的大陈列室，我的心膨胀起来。二十世纪被摒于门外。这是古鲸业史诗的资料室。百年前千年前的潮涨潮落，人与海的争雄与巍巍黑兽群的肉搏，节奏铿然起自每一件遗物。泪，从我的眶中溢出。泪是咸的，泪是对海的一声回答，说，我原自咸中来我不能忘记。在吊空的帆索和锚链中走过去，在四分仪和六分仪之间，在三桅船的模型和航海日志和单筒望远镜之间走过去，向一艘捕鲸快艇的真迹，耳际是十九世纪的风声，是鳕角到好望角到南中国海的涛声。我似乎呼吸着阿哈布船长呼吸过的恐怖和绝望的愤怒。昂起头来，横木板钉成的阔壁上，犀利的短鱼叉排列成严厉的秩序，两柄长铁叉斜交而倚于其间。这是捕鲸人的兵器架；这些嗜血的凶手仍保持金属敌意的沉默，铮铮钬钬的沉默，虽然它们熟悉掷叉手的膂力和孤注一掷的意志，熟悉山岳般黑色的惊惶、绝望和十几英亩的蓝被捣成鼎沸的白的那种混乱。

在一片巨大的阴影下回过头来，赫然，一柱史无前例的双头狼牙棒，头下尾上地倒立着，阻我的去路，石灰色的匙形骨分峙在左右，交合处是柱的根部。目光攀柱而上，越过粗大的梁木，止于柱尖的屋顶。两排巨齿深深地嵌在牙床里，最低的齿间钉着一张硬卡片，上书："世界最大鲸颚，长十八英尺，左右齿数各为二十三。雄鲸身长八十三英尺。"所以这便是鱼类的砧板啊，渔人万劫不返的地狱门！塔士提哥们魁怪客们走过去便走不过来了。独脚船长走过去便走不回来了。我走过来了可能走——渡轮的汽笛忽然响起，震动整个海港，而尤重要的是，震破了蓝眼巫咒语的效力，及时震断了我的迷失和晕眩。大陆在砧板和地狱门的那边喊我，未来的一切在门外等我。因为，汽笛又响了。南太基啊，我想我应该走了。

附注：南太基（Nantucket）是美国东北角马萨诸塞州鳕岬之南的一个小岛，长十四英里，宽三英里半，距大陆约三十英里。十七世纪至十九世纪中叶，南太基一直是世界捕鲸业及制烛业中心之一。麦尔维尔（Herman Melville）的不朽巨著《白鲸》（*Moby Dick*）开卷数章即以该岛为背景。一九六五年六月三十日，特去岛上一游，俾翻译《白鲸》时，更能把握其气氛。文中所引《南太基》一章各段，原系艺术效果的安排，因此颇有删节，幸勿以译文不全罪我。

登楼赋

汤汤堂堂。汤汤堂堂。当顶的大路标赫然宣布："纽约三英里"。该有一面定音大铜鼓，直径十六英里，透着威胁和恫吓，从渐渐加紧、加强的快板撞起。汤堂傥汤。汤堂傥汤。《F 大调钢琴协奏曲》的第一主题。敲打乐的敲打敲打，大纽约的入城式锵锵铿铿，犹未过哈德逊河，四周的空气已经震出心脏病来了。一千五百英里的东征，九个州的车尘，也闯过克利夫兰、匹兹堡、华盛顿、巴尔的摩，那紧张、那心悸、那种本世纪高速的神经战，总不像纽约这样凌人。比起来，台北是婴孩；华盛顿，是一支轻松的牧歌。纽约就不同，纽约是一只诡谲的蜘蛛，一匹贪婪无餍的食蚁兽，一盘纠纠缠缠敏感的千肢章鱼。进纽约，有一种向电脑挑战的意味。夜以继日，八百万人和同一个繁复的电脑斗智，胜的少，败的多，总是。

定音鼓的频率在加速、加强，扭紧我们每一条神经。这是本世纪心跳的节奏，科学制造的新的野蛮。纽约客的心脏是一块铁砧，任一千种敲打乐器敲打敲打。汤汤堂堂。敲打格希文的节奏敲打浪子的节奏敲打霍内格雷霆的节奏敲打伯恩斯泰因电子啊电子的节奏。八巷的税道上滚动几百万只车轮，纽约客，纽约客全患了时间的过敏症。驰近哈德逊河，车队咬着车队咬着车队的尾巴，机械的兽群争先恐后，抢噬每一块空隙每一秒钟。谁投下一块空隙，立刻闪出几条饿狼扑上去，眨眼间已经没有余尸。“林肯隧道”的阔大路牌，削顶而来。一时车群秩序大变。北上新英格兰的靠左，东去纽约的靠右，分成两股滚滚的车流。不久，我的白色道奇，一星白沫，已经卷进交通的旋涡，循螺形的盘道，潜进哈德逊河底的大隧道了。一时车队首尾相衔，去车只见车尾红灯，来车射着白晃晃的首灯。红灯撞击着红灯冲激着浮沉的白灯白灯白灯。洞顶的无罩灯泡灯泡曳成一条光链子。两壁的方格子嵌瓷图案无始无终地向前延伸复延伸。半分钟后，闷闷的车声在洞里的闷闷回声，光之运动体的单调的运动，方格子图案的更单调的重复，开始发生一种催眠的作用。哈德逊河在上面流着，漂着各种吨位各种国籍的船舶船舶扬着不同的旌旗，但洞中不闻一声潺潺。汤堂傥汤。定音鼓仍然在撞着，在空中，在陆上，在水面，在水底。我们似乎在眼镜蛇的腹中梦游。虽然车行速度减为每小时四十英里，狭窄而单调的隧道中，反有晕眩的感觉。无处飘散，车尾排出的废气染污我们的肺叶。旋闭车窗，又感到窒息，似乎就要呕吐。迎面轰来的车队中，遇上一串高大而长的重载卡车，银色的铝车身充天塞地挤过来，首灯炯炯地探人肺腑，眼看就要撞上，呼啸中，庞伟的三十英尺全长，已经逆你的神经奔踹过去。

终于，一英里半长的林肯隧道到了尽头，开始倾斜向上。天光开处，我们蛇信一般吐出来，吐回白昼。大家吁一口气，把车窗重新旋开。五月的空气拂进来，但里面没有多少春天，闻不到新剪修的草香，听不到鸟的赞叹。因为两边升起的，是钢筋水泥的横断山脉，金属的悬崖，玻璃的绝壁。才发现已经进入曼哈顿市区。从四十街转进南北行的第五街，才半下午，摩天楼屏成的谷地，阴影已然在加深。车群在横断山麓下滔滔地流着。满谷车辆。遍岸行人。千幢的建筑物，棋盘格子的玻璃上反映着对岸建筑物的玻璃反映着更多的冷面建筑。因为这是纽约，陌生的脸孔拼成的最热闹的荒原。行人道上，肩相摩，踵相接，生理的距离不能再短，心理的距离不能再长。联邦的星条旗在绝壁上丛丛绽开。警笛的锐啸代替了鸣禽。人潮涨涨落落，在大公司的旋转门口吸进复吐出。保险掮客。商店的售货员。来自欧洲的外交官。来自印度的代表。然后是银发的贵妇人戴着斜插羽毛的女帽。然后是雌雄不辨的格林尼治村民和衣着不羁的学生。鬈发厚唇猿视眈眈的黑人。白肤淡发青睐了然的北欧后裔。须眉浓重的是拉丁移民，尽管如此，纽约仍是最冷漠的荒原，梦游于其上的游牧民族，谁也不认识谁。如果下一秒钟你忽然死去，你以为有一条街会停下来，有一双眼睛会因此流泪？如果，下一秒钟你忽然撞车，除了交通失事的统计表，什么也不会因此改变。

红灯炯炯地瞪住我们，另有一种催眠的意味。整条街的车全被那眼神震慑住了。刹车声后，是引擎相互呼应的喃喃，如群猫组成的诵经班。不同种族的淑女绅士淑女，颤颤巍巍，在灯光变换前簇拥着别人也被别人簇拥着越过大街，把街景烘托得异常国际。绿灯上时，我们右转，进入交通量较小的横街，找到一家停车库。一个臂刺青花的大汉，把白色道奇开进地下的车库。我们走回第五街。立刻，人行道上的潮流将我们卷了进去。于是我们也参加挤人也被挤的行列，推着前浪，也被后浪所推动。不同的高跟鞋、半高跟鞋、平底鞋，在波间起伏前进，载着不同的衣冠和裙裤。因为脸实在是没什么意义的。即使你看完那八百万张脸，结果你一张也不会记得。我奇怪，为什么没有一个达利或者恩斯特或者戴尔服什么的，做这样的一幅画，画满街的空车和衣履在拥挤，其中看不见一张脸面？因为这毋宁是更为真实。

所以 paradox（悖论）就在这里。你走在纽约的街上，但是你不知自己在哪里。你走在异域的街上，每一张脸都吸引着你，但是你一张脸也没有记住。在人口最稠的曼哈顿，你立在十字街口，说，纽约啊纽约我来了，但纽约的表情毫无变化，没有任何人真正看见你来了。你踏着纽约的地，呼吸着纽约的空气，对自己说，哪，这是世界上最贵的地面，最最繁华的尘埃，你感到把一个鼎鼎的大名还原成实体的那种兴奋和震颤，同时也感到深入膏肓的凄凉。纽约有成千的高架桥、水桥和陆桥，但没有一座能沟通相隔数英寸[①]的两个寂寞。最寂寞的是灰鸽子，在人行道上，在建筑物巨幅的阴影下在五月犹寒的海港中曳尾散步。现代的建筑物都是兽性的，灰死着钢的脸色好难看。

终于到了三十四街。昂起头，目光辛苦地企图攀上帝国大厦，又跌了下来。我们推动旋转玻璃门的铜把手，踏过欧洲大理石砌的光滑地面。一辆将要满载的电梯尚未闭门，正等我们进去。电梯倏地升空。十几双眼睛仰视门楣上的灯光。一长串的数字次第亮起。六十……七十……八十……八十六。我们在八十六层再转一次电梯，直到一百零二层。人群挤向四周的露天瞭望台。

忽然，全纽约都匍匐在你下面了。三十六万五千吨钢筋水泥，一千四百七十二英尺的帝国大厦，将我们举到四分之一英里的空中。第五街在下面。百老汇在下面。八百万人的市声在下面，敻不可闻。我们立在二十世纪最敏感的触须上，二十世纪却

① 1英寸约为2.5厘米。

留在千英尺下，大纽约的喧嚣在千英尺下，绕着帝国大厦的脚踝旋转旋转成骚音的旋涡，不能攀印第安纳的石灰石壁上来。脚踝踩入曼哈顿的心脏地带踩入第五街街面下五十多英尺，但触须的尖端刺入黄昏的淡霭里，高出一切一切之上。绝对的大寂寞悬在上面，像一片云。已是五月初了，从大西洋吹来的风，仍然冷而且烈。大家翻起大衣的领子，太阳向新泽西的地平渐渐落下，西南方的暮云愈益苍茫，堆成一层深似一层的迟滞的暗紫色。哈德逊河对岸，泽西城半掩在烟霭里，像精灵设计的蜃楼海市。向左看，港口矗立着的雕像，至小，至远，该是自由女神了。更南是宽敞的第五街，在摩天楼队的夹峙下，形成深长的大峡谷，渐远渐狭，一直没入格林尼治和唐人街。但到了曼哈顿岛的南端，又有摩天楼簇簇涌起，挤扁华尔街上面的天空。那是全世界金融的中心，国际的贸易风，从那里吹起……

“风好大。我们还是绕去北边吧。”

“你应该穿那件厚大衣的。告诉过你，这是帝国大厦，不是小孩子搭的积木。”

“从这里看下去，那些所谓摩天楼，不都是积木砌成的？”

“那是因为，我们自己在世界最高的建筑物上，底上那些侏儒，任移一座到其他都市去，怕不都出类拔萃，雄睨全城。”

绕到朝北的看台上，建筑物的秩序呈现另一种气象。落日更低，建筑物的大片阴影投得更远、更长。背日的大峡谷陷入更深更深的黑影。从这种高度俯瞰黑白分割的街面，钢的绝壁石灰石的绝壁千英尺一挥垂直地切下去，空间在幻觉中微微摆荡，荡成一种巨大的晕眩。一失足你想象自己向下坠落，曳长长的绝望的惊呼加速地向下坠落，相对地，建筑物交错的犬齿犬齿加速地向上噬来，街的死亡向上拍来，你犹悬在空中，成为满街眼睛的箭靶。

“你说，一个人在坠楼着地之前，会不会把一生的事超速地复阅一遍？”

“你想到哪里去了？”

“我不过说说罢了。你看看下面的街，要不要我把你扶高些？”

“我才不要！人家脚都软了。”

“如果我是一只燕子，一定飞下去，啄一顶最漂亮的女帽来送你。”

“那我就变成一只雌燕子——”

“我们一起飞回中国去。”

“也不要护照。也不要任何行李。”

“我是说，回到抗战前的中国。”

“那再也不可能了。”

“太阳降下去的方向，便是中国。喏，就在那边，在新泽西州的那边还要那边。”

接着两人便没有什么好说的了。高低不齐，挤得引颈探首的摩天楼丛，向阳的一面，犹有落日淡淡的余晖，但阴影已经愈曳愈长。所有的街道都躲在黑暗里。暮色从每一个角落里升了起来，不久便要淹没曼哈顿了。那边的联合国正当夕照，矗立如一面巨碑。克莱斯勒的尖塔戳破暮色，高出魁梧的泛美大厦和其后的中央火车站与华道夫旅馆。正是下班的时分，千扇万扇玻璃窗后，有更多的眼睛在眺望，向远方。所以这便是有名的纽约城啊，世界第一大都市，人类文明的大脑，一切奢侈的发源地，纽约客和国际浪子的蚁丘和蜂窝。三百多年以前，下面只是一块荒岛，曼哈顿族的红人将它卖给荷兰人，代价，二十四元。但纽约愈长愈高，从匍匐的婴孩长成顶天的巨人，大半个纽约悬在半空。风，在日落时从港外吹来，吹向大陆，吹过最国际最敏感的纽约，将此地的一切吹至世界的每一个角落。因为这里是现代的尼尼微和庞贝，历史在这座楼上大概还要栖留片刻。洪蒙的暮色里，纽约的面貌显得更陌生。再也数不清的摩天楼簇簇向远处伸延，恍惚间，像一列破碎的山系，纷然杂陈着断崖与危石，而我立在最高峰上，前，无古人，后，无来者，一任苍老的风将我雕塑，一块飞不起的望乡石，石颜朝西，上面镌刻的，不是拉丁的格言，不是希伯来的经典，是一种东方的象形文字，隐隐约约要诉说一些伟大的美的什么，但是底下的八百万人中，没有谁能够翻译。纽约啊纽约，你的电脑能不能测出？

望乡的牧神

那年的秋季特别长，一直拖到感恩节，还不落雪。事后大家都说，那年的冬季，也不像往年那么长、那么严厉。雪是下了，但不像那么深、那么频。幸好圣诞节的一场还积得够厚，否则圣诞老人就显得狼狈失措了。

那年的秋季，我刚刚结束了一年浪游式的讲学，告别了第三十三张席梦思，回到密歇根来定居。许多好朋友都在美国，但黄用和华苓在爱荷华，梨华远在纽约，一个长途电话能令人破产。咪咪手续未备，还阻隔半个大陆加一个海加一个海关。航空邮简是一种迟缓的箭，射到对海，火早已熄了，余烬显得特别冷。

那年的秋季，显得特别长。草，在渐渐寒冷的天气里，久久不枯。空气又干，又爽，又脆。站在下风的地方，可以嗅出树叶，满林子树叶散播的死讯，以及整个中西部成熟后的体香。中西部的秋季，是一场弥月不熄的野火，从浅黄到血红到暗赭到郁沉沉的浓栗，从爱荷华一直烧到俄亥俄，夜以继日、日以继夜地维持好几十郡的灿烂。云罗张在特别洁净的蓝虚蓝无上，白得特别惹眼。谁要用剪刀去剪，一定装满好几箩筐。

那年的秋季特别长，像一段雏形的永恒。我几乎以为，站在四围的秋色里，那种圆溜溜的成熟感，会永远悬在那里，不坠下来。终于一切瓜一切果都过肥过重了，从腴沃中升起来的仍垂向腴沃。每到黄昏，太阳也垂垂落向南瓜田里，红澄澄的，一只熟得不能再熟下去的，特大号的南瓜。日子就像这样过去。晴天之后仍然是晴天，之后仍然是完整无憾饱满得不能再饱满的晴天，敲上去会敲出音乐来的稀金属的晴天。就这样微酩地饮着清醒的秋季，好怎么不好，就是太寂寞了。在西密歇根大学，开了三门课，我有足够的时间看书、写信。但更多的时间，我用来幻想，而且回忆，回忆在有一个岛上做过的有意义和无意义的事情，一直到半夜，到半夜以后。有些事情，曾经恨过的，再恨一次；曾经恋过的，再恋一次；有些无聊，甚至再无聊一次。一切都离我很久、很远。我不知道，我的寂寞应该以时间或空间为半径。就这样，我独自坐到午夜以后，看窗外的夜比《圣经·旧约》更黑，万籁俱死之中，听两颊的胡髭无赖地长着，应和着腕表巡回的秒针。

这样说，你就明白了。那年的秋季特别长。我不过是个客座教授，悠悠荡荡的，无挂无牵。我的生活就像一部翻译小说，情节不多，气氛很浓；也有其现实的一面，但那是异域的现实，不算数的。例如汽车保险到期了，明天要记得打电话给那家保险公司；公寓的邮差怪可亲的，圣诞节要不要送他件小礼品等。究竟只是一部翻译小说，气氛再浓，只能当作一场逼真的梦罢了。而尤其可笑的是，读来读去。连一个女主角也不见。男主角又如此地无味。这部恶汉体（picaresque）的小说，应该是没有销路的。不成其为配角的配角，倒有几位。劳悌芬便是其中的一位。在我教过的一百六十几个美国大孩子之中，劳悌芬和其他少数几位，大概会长久留在我的回忆里。一切都是巧合。有一个黑发的东方人，去到密歇根。恰巧会到那一个大学。恰巧那一年，有一个金发的美国青年，也在那大学里。恰巧金发选了黑发的课。恰巧谁也不讨厌谁。于是金发出现在那部翻译小说里。

那年的秋季，本来应该更长更长的。是劳悌芬，使它显得不那样长。劳悌芬，是我给金发取的中文名字。他的本名是 Stephen Cloud。一个姓云的人，应该是洒脱的。劳悌芬倒不怎么洒脱。他毋宁是有些腼腆的，不像班上其他的男孩，爱逗着女同学说笑。他也爱笑，但大半是坐在后排，大家都笑时他也参加笑，会笑得有些脸红。后来我才发现他是戴隐形眼镜的。

同时，秋季愈益深了。女学生开始穿大衣来教室。上课的时候，巴掌大的枫树落叶，会簌簌叩打大幅的玻璃窗。我仍记得，那天早晨刚落过霜，我正讲到杜甫的“秋来相顾尚飘蓬”。忽然瞥见红叶黄叶之上，联邦的星条旗扬在猎猎的风中，一种摧心折骨的无边秋感，自头盖骨一直麻到十个指尖。有三四秒钟我说不出话来。但脸上的颜色一定泄露了什么。下了课，劳悌芬走过来，问我周末有没有约会。当我的回答是否定时，他说：

“我家在农场上，此地南去四十多英里。星期天就是万圣节了。如果你有兴致，我想请你去住两三天。”

所以三天后，我就坐在他西德产的小汽车右座，向南方出发了。十月底的一个半下午，小阳春停在最美的焦距上，湿度至小，能见度至大，风景呈现最清晰的轮廓。出了卡拉马祖（Kalamazoo），密歇根南部的大平原抚得好空好阔，浩浩乎如一片陆海，偶然的农庄和丛树散布如列屿。在这样响当当的晴朗里，这样高速这样平稳地驰骋，令人幻觉是在驾驶游艇。一切都退得很远，腾出最开敞的空间，让你回旋。秋，确是奇妙的季节。每个人都幻觉自己像两万英尺高的卷云那么轻，一大张卷云卷起来称一称也不过几磅。又像空气那么透明，连忧愁也是薄薄的，用裁纸刀这么一裁就裁开了。公路，像一条有魔术的白地毡，在车头前面不断舒展，同时在车尾不断卷起。

如是卷了二十几英里，西德的小车在一面小湖旁停了下来。密歇根原是千湖之州，五大湖之间尚有无数小泽。像其他的小泽一样，面前的这个湖蓝得染人肝肺。立在湖边，对着满满的湖水，似乎有一只幻异的蓝眼瞳在施术催眠，令人意识到一种不安的美。所以说秋是难解的。秋是一种不可置信而居然延长了这么久的奇迹，总令人觉得有点不安。就像此刻，秋色四面，上面是土耳其玉的天穹，下面是普鲁士蓝的清澄，风起时，满枫林的叶子滚动香熟的灿阳，仿佛打翻了一匣子的玛瑙。莫奈和薛斯利死了，印象主义的画面永生。

这只是刹那的感觉罢了。下一刻，我发现劳悌芬在喊我。他站在一株大黑橡下面。赤褐如焦的橡叶丛底，露出一间白漆木板钉成的小屋。走进去，才发现是一爿小杂货店。陈设古朴可笑，饶有殖民时期风味。西洋杉铺成的地板，走过时轧轧有声。这种小铺子在城市里是已经绝迹了。店主是一个满脸斑点的胖妇人。劳悌芬向她买了十几根红白相间的竿竿糖，满意地和我走出店来。

橡叶萧萧，风中甚有寒意。我们赶回车上，重新上路。劳悌芬把糖袋子递过来，任我抽了两根。糖味不太甜，有点薄荷在里面，嚼起来倒也津津可口。劳悌芬解释说：

“你知道，老太婆那家小店，开了十几年了，生意不好，也不关门。读初中起，我就认得她了，也不觉得她的糖有什么好吃。后来去卡拉马祖上大学，每次回家，一定找她聊天，同时买点糖吃，让她高兴高兴。现在居然成了习惯，每到周末，就想起薄荷糖来了。”

“是蛮好吃。再给我一根。你也是，别的男孩子一到周末就约 chic 去了，你倒去看祖母。”

劳悌芬红着脸傻笑。过了一会儿，他说：

“女孩子麻烦。她们喝酒，还做好多别的事。”

“我们班上的好像都很乖。例如路丝——”

“啰，满嘴的存在主义什么的，好烦。还不如那个老婆婆坦白！”

“你不像其他的美国男孩子。”

劳悌芬耸耸肩，接着又傻笑起来。一辆货车挡在前面，他一踩油门，超了过去。把一袋糖吃光，就到了劳悌芬的家了。太阳已经偏西。夕照正当红漆的仓库，特别显得明艳映颊。劳悌芬把车停在两层的木屋前和他父亲的旅行车并列在一起。一个丰硕的妇人从屋里探头出来，大呼说：

“Steve！我晓得是你！怎么这么晚才回来！风好冷，快进来吧！”

劳悌芬把我介绍给他的父母和弟弟侯伯（Herbert）。终于大家在晚餐桌边坐定。这才发现，他的父亲不过五十岁，已然满头白发，可是白得整齐而洁净，反而为他清瘦的面容增添光辉。侯伯是一个很漂亮的伶手俐脚的小伙子。但形成晚餐桌上暖洋洋的气氛的，还是他的母亲。她是一个胸脯宽阔、眸光亲切的妇人，笑起来时，启露白而齐的齿光，映得满座粲然。她一直忙着传递盘碟。看见我饮牛奶时狐疑的脸色，她说：

“味道有点怪，是不是？这是我们自己的母牛挤的奶，原奶，和超级市场上买到的不同。等会儿你再尝尝我们自己的榨苹果汁。”

“你们好像不喝酒。”我说。

“爸爸不要我们喝，”劳悌芬看了父亲一瞥，“我们只喝牛奶。”

“我们是清教徒，”他父亲眯着眼睛说，“不喝酒，不抽烟。从我的祖父起就是这样子。”

接着他母亲站起来，移走满桌子残肴，为大家端来一碟碟南瓜饼。

“Steve，”他母亲说，“明天晚上汤普森家的孩子们说了要来闹节的。‘不招待，就作怪’，余先生听说过吧？糖倒是准备了好几包。就缺一盏南瓜灯。地下室有三四只空南瓜，你等会儿去挑一只雕一雕。我要去挤牛奶了。”

等他父亲也吃罢南瓜饼，起身去牛栏里帮他母亲挤奶时，劳悌芬便到地下室去。不久，他捧了一只脸盆大小的空干南瓜来，开始雕起假面来。他在上端先开了两只菱形的眼睛，再向中部挖出一只鼻子，最后，又挖了一张新月形的阔嘴，嘴角向上。接着他把假面推到我的面前，问我像不像。相了一会儿，我说：

“嘴好像太小了。”

于是他又把嘴向两边开得更大。然后他说：

“我们把它放到外面去吧。”

我们推门出去。他把南瓜脸放在走廊的地板上，从夹克的大口袋里掏出一截白蜡烛，塞到蒂眼里，企图把它燃起。风又急又冷，一吹，就熄了。徒然试了几次，他说：

“算了，明晚再点吧。我们早点睡。明天还要去打野兔子呢。”

第二天下午，我们果然背着猎枪，去打猎了。这在我说来，是有点滑稽的。我从来没有打猎的经验。军训课上，是射过几发子弹，但距离红心不晓得有多远。劳悌芬却兴致勃勃，坚持要去。

“上个周末没有回家。再上个周末，帮爸爸驾收割机收黄豆。一直没有机会到后面的林子里去。”

劳悌芬穿了一件粗帆布的宽大夹克，长及膝盖，阔腰带一束，显得五英尺十英寸上下的身材，分外英挺。他把较旧式的一把猎枪递给我，说：

“就凑合着用一下吧。一九五八年出品，本来是我弟弟用的。”看见我犹豫的脸色，他笑笑说：“放松一点。只要不向我身上打就行。很有趣的，你不妨试试看。”

我原有一肚子的话要问他。可是他已经领先向屋后的橡树林欣然出发了。我端着枪跟上去。两人绕过黄白相间的耿西牛群的牧地，走上了小木桥彼端的小土径，在犹青的乱草丛中蜿蜒而行。天气依然爽朗朗地晴。风已转弱，阳光不转瞬地凝视着平野，但空气拂在肌肤上，依然冷得人神志清醒，反应敏锐。舞了一天一夜的斑斓树叶，都悬在空际，浴在阳光金黄的好脾气中。这样美好而完整的静谧，用一发猎枪子弹给炸碎了，岂不是可惜？

“一只野兔也不见呢。”我说。

“别慌。到前面的橡树丛里去等看。”

我们继续往前走。我努力向野草丛中搜索，企图在劳悌芬之前发现什么风吹草动；如此，我虽未必能打中什么，至少可以提醒我的同伴。这样想着，我就紧紧追上了劳悌芬。蓦地，我的猎伴举起枪来，接着耳边炸开了一声脆而短的骤响。一样毛茸茸的灰黄的物体从十几码外的黑橡树上坠了下来。

“打中了！打中了！”劳悌芬向那边奔过去。

“是什么？”我追过去。

等到我赶上他时，他正挥着枪柄在追打什么。然后我发现草坡下，劳悌芬脚边的一个橡树窟窿里，一只松鼠尚在抽搐。不到半分钟，它就完全静止了。

“死了。”劳悌芬说。

“可怜的小家伙。”我摇摇头。我一向喜欢松鼠。以前在爱荷华念书的时候，我常爱从红砖的古楼上，俯瞰这些长尾多毛的小动物，在修得平整的草地上嬉戏。我尤其爱看它们躬身而立，捧食松果的样子。劳悌芬捡起松鼠。它的右腿渗出血来，修长的尾巴垂着死亡。劳悌芬拉起一把草，把血斑拭去说：

“它掉下来，带着伤，想逃到树洞里去躲起来。这小东西好聪明。带回去给我父亲剥皮也好。”

他把死松鼠放进夹克的大口袋里，重新端起了枪。

“我们去那边的树林子里再找找看。”他指着半英里外的一片赤金和鲜黄。想起还没有庆贺猎人，我说：

“好准的枪法，刚才！根本没有看见你瞄准，怎么它就掉下来了？”

“我爱玩枪。在学校里，我还是预备军官训练队的上校呢。每年冬季，我都带侯伯去北部的半岛打鹿。这一向眼睛差了。隐形眼镜还没有戴惯。”

这才注意到劳悌芬的眸子是灰蒙蒙的，中间透出淡绿色的光泽。我们越过十二号公路。岑寂的秋色里，去芝加哥的车辆迅疾地扫过，曳着轮胎磨地的咝咝，和掠过你身边时的风声。一辆农场的拖拉机，滚着齿槽深凹的大轮子，施施然碾过，车尾扬着一面小红旗。劳悌芬对车上的老叟挥挥手。

“是汤普森家的丈人。”他说。

“车上插面红旗子干吗？”

“哦，是州公路局规定的。农场上的拖拉机之类，在公路上穿来穿去，开得太慢，怕普通车辆从后面撞上去。挂一面红旗，老远就看见了。”

说着，我们一脚高一脚低走进了好大一片刚收割过的田地。阡陌间歪歪斜斜地还留着一行行的残梗，零零星星的豆粒，落在干燥的土块里。劳悌芬随手折起一片豆荚，把荚剥开。淡黄的豆粒滚入了他的掌心。

“这是汤普森家的黄豆田。尝尝看，很香的。”

我接过他手中的豆子，开始尝起来。他折了更多的豆荚，一片一片地剥着。两人把嚼不碎的豆子吐出来。无意间，我哼起“高粱肥，大豆香，遍地黄金少灾殃……”

“嘿，那是什么？”劳悌芬笑起来。

“第二次世界大战时大家都唱的一首歌……那时我们都是小孩子。”说着，我的鼻子酸了起来。两人走出了大豆田，又越过一片尚未收割的玉蜀黍。劳悌芬停下来，笑得很神秘。过了一会儿，他说：

“你听听看，看能听见什么。”

我当真听了一会儿。什么也没有听见。风已经很微。偶尔，玉蜀黍的干穗谷，和邻株磨出一丝窸窣。劳悌芬的浅灰绿瞳子向我发出问询。

我茫然摇摇头。

他又阔笑起来。

“玉米田，多耳朵。有秘密，莫要说。”

我也笑起来。

“这是双关语，”他笑道，“我们英语中管玉米穗叫耳朵。好多笑话都从它编起。”

接着两人又默然了。经他一说，果然觉得玉蜀黍秆上挂满了耳朵。成千的耳朵都在倾听，但下午的遗忘覆盖了一切，什么也听不见。一枚硬壳果从树上跌下来，两人吓了一跳。劳悌芬俯身拾起来，黑褐色的硬壳已经干裂。

“是山胡桃呢。”他说。

我们继续向前走。杂树林子已经在面前。不久，我们发现自己已在树丛中了。厚厚的一层落叶铺在我们脚下。卵形而有齿边的是桦，瘦而多棱的是枫，橡叶则圆长而轮廓丰满。我们踏着千叶万叶已腐的、将腐的，干脆欲裂的秋季向更深处走去，听非常过瘾也非常伤心的枯枝在我们体重下折断的声音。我们似乎践在暴露的秋筋秋脉上。秋日下午那安静的肃杀中，似乎，有一些什么在我们里面死去。最后，我们在一截断树干边坐下来。一截合抱的黑橡树干，横在枯枝败叶层层交叠的地面，龟裂的老皮形成阴郁的图案，记录霜的齿印、雨的泪痕。黑眼眶的树洞里，覆盖着红叶和黄叶，有的仍有潮意。

两人靠着断干斜卧下来，猎枪搁在断柯的枝丫上。树影重重叠叠覆在我们上面，蔽住更上面的蓝穹。落下来的锈红蚀褐已经很多，但仍有很多的病叶，弥留在枝柯上面，犹堪支撑一座两丈多高的镶黄嵌赤的圆顶。无风的林间，不时有一片叶子飘飘荡荡地坠下。而地面，纵横的枝叶间，会传来一声不甚可解的窸窣，说不出是足拨的或是腹游的路过。

“你看，那是什么？”我转向劳悌芬。他顺着我指点的方向看去。那是几棵银桦树间一片凹下去的地面，里面的桦叶都压得很平。

“好大的坑。”我说。

“是鹿，”他说，“昨夜大概有鹿来睡过。这一带有鹿。如果你住在湖边，就会看见它们结队去喝水。”

接着他躺了下来，枕在黑皮的树干上，穿着方头皮靴的脚交叠在一起。他仰面凝视叶隙透进来的碎蓝色。如是仰视着，他的脸上覆盖着纷沓而游移的叶影，红的朦胧叠着黄的模糊。他的鼻梁投影在一边的面颊上，因为太阳已沉向西南方，被桦树的白干分割着的西南方，牵着一线金熔熔的地平。他的阔胸脯微微地起伏。

“Steve，你的家园多安静可爱。我真羡慕你。”

仰着的脸上漾开了笑容。不久，笑容静止下来。

“是很可爱啊，但不会永远如此。我可能给征到越南去。”

“那样，你去不去呢？”我说。

“如果征到我，就必须去。”

“你——怕不怕？”

“哦，还没有想过。美国的公路上，一年也要死五万人呢。我怕不怕？好多人赶着结婚。我同样地怕结婚。年纪轻轻的，就认定一个女孩，好没意思。”

“你没有女朋友吗？”我问。

“没有认真的。”

我茫然了。躺在面前的是这样的一个躯体，结实、美好、充溢的生命一直到指尖和趾尖。就是这样的一个躯体，没有爱过，也未被爱过，未被情欲燃烧过的一截空白。有一个东方人是他的朋友。冥冥中，在一个遥远的战场上，将有更多的东方人等着做他的仇敌。一个遥远的战场，那里的树和云从未听说过密歇根。

这样想着，忽然发现天色已经晚了。金黄的夕暮淹没了林外的平芜。乌鸦叫得原野加倍地空旷。有谁在附近焚烧落叶，空中漫起灰白的烟来，嗅得出一种好闻的焦味。

“我们回去吃晚饭吧。”劳悌芬说。

那年的秋季特别长，似乎，万圣节来得也特别迟。但到了万圣节，白昼已经很短了。太阳一下去，天很快就黑了，比《圣经》的封面还黑。吃过晚饭，劳悌芬问我累不累。

“不累。一点也不累。从来没有像这样好兴致。”

“我们开车去附近逛逛。”

“好啊——今晚不是万圣节前夕吗？你怕不怕？”

“怕什么？”劳悌芬笑起来，“我们可以捉两个女巫回来。”

“对！捉回来，要她们表演怎样骑扫帚！”

全家人都哄笑起来。劳悌芬和我穿上厚毛衫与夹克。推门出去，在寒战的星光下，我们钻进西德的小车。车内好冷，皮垫子冰人臀股，一切金属品都冰人肘臂。立刻，车窗上就呵了一层翳翳的雾气。车子上了十二号公路，速度骤增，成排的榆树向两侧急急闪避，白脚的树干反映着首灯的光，但榆树的巷子外，南密歇根的平原罩在一件神秘的黑巫衣里。劳悌芬开了暖气。不久，我的膝头便感到暖烘烘了。

“今晚开车要特别小心，”劳悌芬说，“有些小孩子会结队到邻近的村庄去捣蛋。小孩子边走边说笑，在公路边上，很容易发生车祸。今年，警察局在报上提醒家长，不要让孩子穿深色的衣服。”

“你小时候有没有闹过节呢？”

“怎么没有？我跟侯伯闹了好几年。”

“怎么一个捣蛋法？”

“哦，不给糖吃的话，就用烂泥糊在人家门口。或在窗子上画个鬼，或者用粉笔在汽车上涂些脏话。”

“倒是蛮有意思的。”

“现在渐渐不作兴这样了。父亲总说，他们小时候闹得比我们还凶。”

说着，车已上了跨越大税路的陆桥。桥下的车辆四巷来去地疾驶着，首灯闪动长长的光芒，向芝加哥，向陀里多。

“是印第安纳的超级税道。我家离州界只有七英里。”

“我知道。我在这条路上开过两次的。”

“今晚已经到过印第安纳了。我们回去吧。”

说着，劳悌芬把车子转进一条小支道，绕路回去。

“走这条路好些，”他说，“可以看看人家的节景。”

果然远处霎着几星灯火。驶近时，才发现是十几户人家。走廊的白漆栏杆上，皆供着点燃的南瓜灯，南瓜如面，几何形的眼鼻展览着布拉克和毕加索，说不清是恐怖还是滑稽。有的廊上，悬着骑帚巫的怪异剪纸。打扮得更怪异的孩子，正在拉人家的门铃。灯火自楼房的窗户透出来，映出洁白的窗帷。

接着劳悌芬放松了油门。路的右侧隐约显出几个矮小的人影。然后我们看出，一个是王，戴着金黄的皇冠，持着权杖，披着黑色的大氅。一个是后，戴着银色的后冕，曳着浅紫色的衣裳。后面一个武士，手执斧钺，不过四五岁的样子。我们缓缓前行，等小小的“朝廷”越过马路。不晓得为什么，武士忽然哭了起来。国王劝他不听，气得骂起来。还是好心的皇后把他牵了过去。

劳悌芬和我都笑起来。然后我们继续前进。劳悌芬哼起《出埃及》中的一首歌，低沉之中带点凄婉。我一面听，一面数路旁的南瓜灯。最后劳悌芬说：

“那一盏是我们家的南瓜灯了。”

我们把车停在铁丝网成的玉蜀黍圆仓前面。劳悌芬的母亲应铃来开门。我们进了木屋，一下子，便把夜的黑和冷和神秘全关在门外了。

“汤普森家的孩子们刚来过，”他的妈妈说，“爱弟装亚述王，简妮装贵妮薇儿，弗莱德跟在后面，什么也不像，连‘不招待，就作怪’都说不清楚。”

“表演些什么？”劳悌芬笑笑说。

“简妮唱了一首歌。弗莱德什么都不会，硬给哥哥按在地上翻了一个筋斗。”

“汤姆怎么没来？”

“汤姆吗？汤姆说他已经大了，不搞这一套了。”

那年的秋季特别长，似乎可以那样一直延续下去。那一夜，我睡在劳悌芬家楼上，想到很多事情。南密歇根的原野向远方无限地伸长，伸进不可思议的黑色的遗忘里。地上，有零零落落的南瓜灯。天上，秋夜的星座在人家的屋顶上电视的天线上在光年外排列百年前千年前第一个万圣节前就是那样的阵图。我想得很多，很乱，很不连贯。高粱肥。大豆香。从越战想到韩战想到十余年的抗战。想冬天就要来了空中嗅得出雪来今年的冬天我仍将每早冷醒在单人床上。大豆香。想大豆在密歇根香着在印第安纳在俄亥俄香着的大豆在另一个大陆有没有在香着？劳悌芬是个好男孩，我从来没有过弟弟。这部翻译小说，愈写愈长愈没有情节而且男主角愈益无趣，虽然气氛还算逼真。南瓜饼是好吃的，比苹果饼好吃些。高粱肥。大豆香。大豆香后又怎么样？我实在再也吟不下去了。我的床向秋夜的星空升起，升起。大豆香的下一句是什么？

那年的秋季特别长，所以说，我一整夜都浮在一首歌上。那些尚未收割的高粱，全失眠了。这么说，你就完全明白了，不是吗？那年的秋季特别长。

地图

书桌右手的第三个抽屉里，整整齐齐叠着好几十张地图，有的还很新，有的已经破损，或者字迹模糊，或者在折缝处已经磨开了口。新的，他当然喜欢，可是最痛惜的，还是那些旧的、破的、用原子笔画满了记号的。只有它们才了解，他闯过哪些城、穿过哪些镇，在异域的大平原上咽过多少州多少郡的空寂。只有它们的折缝里犹保存他长途奔驰的心境。八千里路云和月，它们曾伴他，在月下，云下。不，他对自己说，何止八千里路呢。除了自己道奇的里程计上标出来的二万八千英里之外，他还租过福特的 Galaxie 和雪佛兰的 Impala；加起来，折合公里怕不有五万公里？五万里路的云和月，朔风和茫茫的白雾和雪，每一寸都曾与那些旧地图分担。

有一段日子，当他再度独身，那些地图就像他的太太一样，无论远行去何处，事先他都要和它们商量。譬如说，从芝加哥回葛底斯堡，究竟该走坦坦的税道，还是该省点钱，走二级、三级的公路？究竟该在克利夫兰，或是在匹兹堡休息一夜？就凭着那些地图，那些奇异的名字和符咒似的号码，他闯过费城、华盛顿、巴尔的摩；切过蒙特利奥、旧金山、洛杉矶、纽约。

回国后，这种倜傥的江湖行，这种意气自豪的浪游热，德国佬所谓的 wander lust（流浪癖）者，一下子就冷下来了。一年多，他守住这个已经够小的岛上一方小小的盆地兜圈子，兜来兜去，至北，是大直，至南，是新店。往往，一连半个月，他活动的空间，不出一条怎么说也说不上美丽的和平东路，呼吸一百二十万人呼吸过的第八流的空气，和二百四十万只鞋底踢起的灰尘。有时，从厦门街到师大，在他的幻想里，似乎比芝加哥到卡拉马祖更遥更远。日近长安远，他常常这样挖苦自己。偶尔他“文旌南下”，逸出那座无欢的灰城，去中南部的大学做一次演讲。他的演讲往往是免费的，但是灰城外，那种金黄色的晴美气候，也是免费的。回程的火车上，他相信自己年轻得多了，至少他的肺叶要比去时干净。可是一进厦门街，他的自信立刻下降。在心里，他对那狭长的巷子和那日式古屋说：“现实啊现实，我又回来了。”

这里必须说明，所谓“文旌南下”，原是南部一位作家在给他的信中用的字眼。中国老派文人的板眼可真不少，好像出门一步，就有云旗委蛇之势，每次想起，他就觉得好笑，就像梁实秋，每次听人阔论诗坛文坛这个坛那个坛的，总不免暗自莞尔一样。“文旌北返”之后，他立刻又恢复了灰城之囚的心境，把自己幽禁在六个榻榻米的冷书斋里，向六百字稿纸的平面，去塑造他的立体建筑。六席的天地是狭小的，但是六百字稿纸的天地却可以无穷大。面对后者，他欣然无视于前者了。面对后者，他的感觉不能说不像创世纪的神。一张空白的纸永远是一个挑战，对于一股创造的欲望。宇宙未剖之际，浑浑茫茫，一个声音说，应该有光，于是便有了光。做一个发光体，一个光源，本身便是一种报酬，一种无上的喜悦。每天，他的眼睛必成为许多许多眼睛的焦点。从那些清澈见底，那些年轻眼睛的反光，他悟出光源的意义和重要性。仍然，他记得，年轻时他也曾寂寞而且迷失，而且如何地嗜光。现在他发现自己竟已成为光源，这种发现，使他喜悦，也使他惶然战栗。而究竟是怎样从嗜光族人变成了光源之一的，那过程，他已经记忆朦胧了。

他所置身的时代，像别的许多时代一样，是混乱而矛盾的。这是一个旧时代的结尾，也是一个新时代的开端，充满了失望，也抽长着希望，充满了残暴，也有很多温柔，如此逼近，又如此看不清楚。一度，历史本身似乎都有中断的可能。他似乎立在一个大旋涡的中心，什么都绕着他转，什么也捉不住。所有的笔似乎都在争吵，毛笔和钢笔，钢笔和粉笔。毛笔说，钢笔是舶来品；钢笔说毛笔是土货，且已过时。又说粉笔太学院风、太贫血；但粉笔不承认钢笔的血液，因为血液岂有蓝色。于是笔战不断绝，文化界的巷战此起彼落。他也是火药的目标之一，不过在他这种时代，谁又能免于稠密的流弹呢？他自己的手里就握有毛笔、粉笔和钢笔。他相信，只要那是一支挺直的笔，一定会在历史上留下一点笔迹的，也许那是一句，也许那是整节甚至整章。至于自己本来无笔而要攘人，据人，甚至焚人之笔之徒，大概是什么标点符号也留不下来的吧。

流弹如雹的雨季，他偶尔也会坐在那里，向摊开的异国地图，回忆另一个空间的逍遥游。那是一个纯然不同的世界，纯然不同，不但因为空间的阻隔，更因为时间的脱节。从这个世界到那个世界的意义，不但是八千英里，而且是半个世纪。那里，一切的节奏比这里迅疾，一切反应比这里灵敏，那里的空气中跳动着六十年代的脉搏，自由世界的神经末梢，听觉和视觉，触觉和嗅觉，似乎都向那里集中。那里的城市，向地下探得更深，向空中升得更高，向四方八面的触须伸得更长更长。那里的人口，有几分之一经常在高速的超级国道上，载驰载驱，从大西洋到太平洋，没有一盏红灯！新大陆，新世界，新的世纪！惠特曼的梦，林肯的预言。那里的眼睛总是向前面看，向上面，向外面看。当他们向月球看时，他们看见二十一世纪，阿拉斯加和夏威夷的延长，人类最新的边疆，最远最敻辽的前哨。而他那个民族已习惯于回顾：当他们仰望明月，他们看见的是蟾，是兔，是后羿的逃妻，在李白的杯中、眼中、诗中。所以说，那是一个纯然不同的世界。他属于东方，他知道月亮浸在一个爱情典故里该有多美丽。他也去过西方，能够想象从二百英寸的巴洛马天文望远镜中，从人造卫星上窥见的那颗死星，该怎样诱惑着未来的哥伦布和郑和。

他将自己的生命划为三个时期：旧大陆、新大陆和一个岛屿。他觉得自己同样属于这三种空间，不，三种时间，正如在思想上，他同样同情钢笔、毛笔、粉笔。旧大陆是他的母亲。岛屿是他的妻。新大陆是他的情人。和情人约会是缠绵而醉人的，但是那件事注定了不会长久。在新大陆的逍遥游中，他感到对妻子的责任，对母亲深远的怀念，渐行渐重也渐深。去新大陆的行囊里，他没有像肖邦那样带一把泥土，毕竟，那泥土属于那岛屿，不属于那片古老的大陆。他带去的是一幅旧大陆的地图，中学时代，抗战期间，他用来读本国地理的一张破地图。就是那张破地图，曾经伴他自重庆回到南京，自南京而上海而厦门而香港而终于到那个岛屿。密歇根的雪夜，葛底斯堡的花季，他常常展示那张残缺的地图，像凝视亡母的旧照片。那些记忆深长的地名。长安啊。洛阳啊。赤壁啊。台儿庄啊。汉口和汉阳。楚和湘。往往，他的眸光逡巡在巴蜀，在嘉陵江上，在那里，他从一个童军变成一个高二的学生。

远从初中时代起，他就喜欢画地图了。一张印刷精致的地图，对于他，是一种智者的愉悦，一种令人清醒动人遐思的游戏。从一张眉目姣好的地图他获得的满足，不但是理性的，也是感情的，不但是知，也是美。蛛网一样的铁路，麦穗一样的山峦，雀斑一样的村落和市镇，雉堞隐隐的长城啊，叶脉历历的水系，神秘而荒凉而空廓廓的沙漠。而当他的目光循江河而下，徘徊于柔美而曲折的海岸线，复在罗列得缤缤纷纷或迤迤逦逦的群岛之间跳越为戏的时候，他更感到鸥族飞翔的快意。他爱海。哪一个少年不爱海呢？中学时代的他，围在千山之外仍是千山的四川，只能从地图上去嗅那蓝而又咸的活荒原的气息。秋日的半下午，他常常坐一方白净的冷石，俯临在一张有海的地图上面，做一种抽象的自由航行。这样鸥巡着水的世界，这样云游着鹰瞰着一巴掌大小的大地，他产生一种君临，不，神临一切的幻觉。这样的缩地术，他觉得，应该是一切敏感的心灵都嗜好的一种高级娱乐。

他临了一张又一张的地图。他画了那么多张，终于他发现，在这一方面，他所知道的和熟记的，竟已超过了地理老师。有些笨手笨脚的女同学，每每央他代绘中国全图，作为课业。他从不拒绝，像一个名作家不拒绝为读者签名一样。只是每绘一张，他必然留下一个错误，例如青海的一个湖泊给他的神力朝北推移了一百公里，或是辽宁的海岸线在大连附近凭空添上一个港湾等。无知的女同学不会发现，自是意料中事。而有知的郭老师竟然也被瞒过了，怎不令他感到九级魔鬼诡计得手后的自满？

他喜欢画中国地图，更喜欢画外国地图。国界最纷繁海岸最弯曲的欧洲，他百览不厌。多湖的芬兰，多岛的希腊，多雪多峰的瑞士，多花多牛多运河的荷兰，这些他全喜欢，但使他最沉迷的，是意大利，因为它优雅的海岸线和音乐一样的地名，因为威尼斯和罗马，恺撒和朱丽叶，那颇利，墨西拿，萨地尼亚。一有空他就端详那些地图。他的心境，是企慕、是向往、是对于一种不可名状的新经验的追求。那种向往之情是纯粹的，为向往而向往。面对用绘图仪器制成的抽象美，他想不明白，秦王何以用那样的眼光看督亢，亚历山大何以要虎视印度，独脚的海盗何以要那样打量金银岛的羊皮纸地图。

在山岳如狱的四川，他的眼神如蝶，翩翩于滨海的江南。有一天能回去就好了，他想。后来蕈状云从广岛升起，太阳旗在中国的大陆降下，他发现自己怎么已经在船上，船在白帝城下在三峡，三峡在李白的韵里。他发现自己回到了江南。他并未因此更加快乐，相反地，他开始怀念起四川来。现在，他只能向老汉骑牛的地图去追忆那个山国和山国里，那些曾经用川语摆龙门阵甚至吵架的故人了。后来，他发现自己到了这个岛上。初来的时候，他断断没有想到，自己竟会在这多地震的岛上连续抵挡十几季的台风和梅雨。现在，看地图的时候，他的目光总是在江南逡巡。燕子矶。雨花台。武进。漕桥。宜兴。几个单纯的地名便唤醒一整个繁复的世界。他更未料到，有一天，他也会怀念这个岛屿，在另一个大陆。

“你不能真正了解中国的意义，直到有一天你已经不在中国。”从新大陆寄回来的家信中，他这样写过。在中国，你仅是七万万分之一的中国，天灾，你可以怨中国的天；人祸，你可以骂中国的人。军阀、汉奸、政客、贪官污吏、土豪劣绅，你可以一个挨一个地骂下去，直骂到你的老师、父亲、母亲。当你不在中国，你便成为全部的中国，鸦片战争以来，所有的国耻全部贴在你脸上。于是你不能再推诿，不能不站出来，站出来，而且说：“中国啊中国，你全身的痛楚就是我的痛楚，你满脸的耻辱就是我的耻辱！”第一次去新大陆，他怀念的是这个岛屿，那时他还年轻。再去时，他的怀念渐渐从岛屿转移到大陆，那古老的大陆。所有母亲的母亲，所有父亲的父亲，所有祖先啊所有祖先的大摇篮，那古老的大陆，中国所有的善和中国所有的恶，所有的美丽和所有的丑陋，全在那片土地上和土地下面，上面，是中国的稻和麦，下面，是黄花岗的白骨是岳武穆的白骨是秦桧的白骨或者竟然是黑骨。无论你愿不愿意，将来你也将加入这些。

走进地图，便不再是地图，而是山岳与河流，原野与城市。走出那河山，便仅仅留下了一张地图。当你不在那片土地，当你不再步履于其上，俯仰于其间，你只能面对一张象征性的地图，正如不能面对一张亲爱的脸时，就只能面对一帧照片了。得不到的，果真是更可爱吗？然则灵魂究竟是躯体的主人呢，还是躯体的远客？然则临图神游是一种超越，或是一种变相的逃避，灵魂的一种土遁之术？也许那真是一个不可宽宥的弱点吧？既然已经娶这个岛屿为妻，就应该努力把蜜月延长。

于是他将新大陆和旧大陆的地图重新放回右手的抽屉。太阳一落，岛上的冬暮还是会很冷很冷的。他搓搓双手，将自己的一切，躯体和灵魂和一切的回忆与希望，完全投入刚才搁下的稿中。于是那六百字的稿纸延伸开来，吞没了一切，吞没了大陆与岛屿，而与历史等长，茫茫的空间等阔。

谁是大诗人？

1

每隔二十年至三十年，似乎就有人会提出这样一个问题。这并不是说了好玩的，带点奢侈意味的问题：譬如到底是谁命长或者结果是谁中头奖等。这是一个十分有趣，我说，也是十分严肃的问题，因为，文学史该怎么写，以及某些次要的问题，例如诗的形式曾经历了怎样的变化等，都和这问题有极密切的关系。一个大诗人的地位确定后，其他的优秀诗人，便可以在和他相对的关系及比较下，寻求各自的评价，且呈现一种史的透视。一个大诗人的代表性确定后，我们便可以从他的身上，看出他的时代怎样感受生活、怎样运用文字、怎样运用文字去表现那种感受。

我说每隔二十年至三十年，因为在变化剧烈的现代，似乎每隔那么一代，诗人的感性便显示出本质上的差异，足以产生那一代的新诗。如是，叶芝之后有艾略特，艾略特之后有奥登，奥登之后有四十岁一代的少壮作者，如罗伯特·洛威尔（Robert Lowell），如威尔伯（Richard Wilbur），如金斯伯格（Allen Ginsberg）。情形当然不尽如此，以美国文学史而言，从惠特曼逝世到桑德堡和佛洛斯特开始发表作品为止的二十多年间，似乎并未出现什么大诗人。罗宾孙（E. A. Robinson）是否是真正的大诗人，仍是一个见仁见智的悬案。一个大诗人的地位，应该是公认的，至少接近公认，亦即批评家和同行作者接近一致的推崇。在这种情形下，我们对一个大诗人也许不是由衷地喜爱，可是我们无法否认他作品的分量。例如艾略特中年以后变得保守起来，许多批评家尽管反对他的政治或宗教的立场，却无法不重视他的创作和批评，即使对他攻击最力的犹太裔作家谢皮洛（Karl Shapiro），也只有承认他的地位。欣赏和批评是两回事：前者接近主观的好恶，不必太负责任；后者接近客观的判断，是要对读者对历史负责的。在中国古典诗人中，我个人对李贺甚为偏爱，可是充其量只能承认他是次要诗人（minor poet）中的奇峰，不能说他凌驾于主脉杜甫之上。在近代英诗里，我对豪斯曼是一见倾心的；他的许多悲凉而潇洒的句子，我自然而然就记住了。然而我只能说他是一个次要诗人，其分量不能与叶芝相比。

伟大是一种品质，一种不腐烂的成熟，不幼稚的新鲜，既厚实，又精美；既深刻，又自然。它是一种整体的饱满感，不易分割也不容分析。要为伟大提供一个客观的标准，其困难，就像要称一称青藏高原有几吨重一样。

声名和荣誉，应该是最不可靠的标准。骚赛（Robert Southey）和斯温伯恩在当时皆有大诗人之誉；白朗宁夫人生前的盛名淹没了她的丈夫。有些诗人要死后才见阳光，如霍普金斯，如布莱克，如狄更生。像狄更生，二十世纪初的美国文坛刚发现她时，曾有批评家说，她是莎孚以来最伟大的女诗人。这种判断，现在看来，似乎有点早熟了。荣誉必然更不可靠。从朱艾敦起，英国历届的桂冠诗人凡十五位，其中有十位连次要诗人都算不上，即使是英国文学的学生，也没有听说过他们的名字。

多产也不能算一个标准，尽管天才的创造力应该比常人旺盛。某种程度的多产仍是必须的，可是那并不意味着数量的庞大，因为三千篇雷同的作品，在分量上还不及三篇风格各殊的佳构。重复是没有意义的。以艾略特为例，他的全部诗产量不过四千行，还不及中世纪的一篇叙事诗，然而在这有限的篇幅之中，他呈现了有机的发展和变异的风格，且对后来的作者发生很深的影响。

影响力似乎也是一个标准。一个大诗人不但左右一代风尚，抑且泽被后世。可是我们也有少数例子，说明有些大诗人虽然受到普遍和恒久的仰慕；但不一定就成为刻意模仿的对象。李白似乎是这样一位大诗人。柯勒律治和布莱克似乎也是同类。在现代诗中，似乎也不乏这样独来独往的大师；佛洛斯特便是一个好例子。这样的区分自然是相对的而非绝对的。不过，在普通的情形下，大诗人，尤其是提供创作方法且启示新感性的大家，一定拥有大量的效颦作者，是不容否认的。一篇模拟的作品，在间接的意义上，等于一张选票，一张投向伟大的选票。

这就引到独创性（originality）的问题上来了。伟大的作家是否具有最高度的独创性呢？理论上说来，答案应该是肯定的。但是所谓独创性，原是一种很微妙的品质，细细分析起来，是有不同的品种的。大致上，如果一位诗人的形式优于他思想和感情的内涵，则他的形式显得分外突出，他的独创性便一目了然。在另一方面，形式上某种程度的稚拙，很容易衬托出思想上的独创性。前者可以肯明斯（E. E. Cummings）为例。后者可以斯蒂芬·克莱恩（Stephen Crane）为例。肯明斯的感情和主题实在是颇为“传统”的，甚且非常伊丽莎白，他别出心裁的形式因此更加垄断了读者的注意。相反地，斯蒂芬·克莱恩的形式相当笨拙，但他的思想却因此加倍地突出。我们可以说，两位诗人的独创性，都是在形式和内容不太平衡的对比中产生的印象。

这种分析，显然不适用于莎士比亚。在古典诗中，形式和内容是平衡的，至少比在现代诗中要平衡得多，结果留给读者的印象是：自然。自然，是现代诗中较为罕见的美德之一。自然，在乍见之下似乎不像独创，事实上它是甚为高级的独创。我们常听批评家说，莎士比亚兼容并包，但不太富独创性。不错，莎士比亚不是一个独创的思想家，他的哲学相当通俗；他的诗剧的情节往往是借来的；在无韵体和十四行的体裁上，他已有马洛和斯宾塞可以借镜。可是他能推陈出新，点铁成金，起死回生，不管那是谁的铁或谁的尸。把已有的化成未有的，从已知的创作未知的，这种吸收、选择、重加组织的综合力，要说里面没有独创性，是很勉强的。此外，例如彭斯（Robert Burns），无论在主题和体裁上，都不见得有什么创新之处，但是透过他的文字所表现的感情是那样地真、那样地强烈，我们面临它的时候，油然产生一种无憾的整体的饱满感。而感情上的真（genuine）也是一种originality（独有、原有，不假借、非剽窃之义）。因此，面对彭斯、拜伦等的作品时，我们最深刻的感觉，不是独创性，而是强烈性（intensity）。我想，某些集大成的后期作家，如丁尼生，如周邦彦，皆是这种情形。

另一可能的标准，是普遍性。所谓普遍性，我认为可作二解：第一是雅俗共赏，第二是异地同感，也就是放诸四海而皆准之意。雅俗共赏能否成为伟大的标准之一，似乎颇成问题。有些大诗人，如李白，如苏轼，如莎士比亚及乔叟，比较易为读者所接受，虽然欣赏的深浅因人而异。另有一些大诗人，或因文字深奥，或因想象独特，或因处理手法别出心裁，或因博学而耽于用典，在本质上不易为“软性的读者”所征服，遂有“难懂”的恶名。例如李商隐、约翰·多恩、勃朗宁，便无法做到雅俗共赏，甚至雅人之中亦有不表欣赏者。像元好问、班江生、丁尼生等，自身也是诗人，当然称得上是雅人，尚且不能尽赏，何况一般读者？佛洛斯特和艾略特，并为现代大诗人；佛洛斯特雅俗共赏，艾略特即雅士也承认难懂。有时同属一人作品，读者的反映却互异。《兵车行》应该是雅俗共赏的，《秋兴八首》就不尽然了。

异地同感，在理论上应该是一个可用的标准，因为人性相通，大诗人应该是国际性的。拜伦在十九世纪的影响，遍及全欧，且远达俄国。惠特曼、波德莱尔、艾略特的影响，也是超越国界的。不过，诗是一种文字的艺术，必须藉文以传，但文字是有国界的。因此，一个诗人在国外的命运，往往要仰赖翻译。大致上说来，诗的意象比较可译，而诗的节奏具有倔强的民族性，对翻译的抗拒力甚大。所以，很奇怪的现象是：平易的佛洛斯特经过翻译后损失惨重，结果往往味同嚼蜡；艰奥的艾略特变成另一种文字后，依然意象富足，占尽便宜。同样地，以音色与节奏取胜的作者，如弥尔顿、爱伦·坡、斯温伯恩，在中文翻译里，都受尽委屈。中国古典诗人在英美文坛的待遇，也荣辱不当。白居易的诗介绍得最多，俨然与李白分庭抗礼，声誉远在杜甫之上。打开英美出版的任何世界文学辞典，几乎都可以看见李白的名字，杜甫则绝少出现。

持久性是一个相当可靠的标准。时间把杰作愈磨愈亮，把劣作愈磨愈损。事实上，真正的杰作非但历久不灭，抑且因后代的作品不断引用它、影射它、学习它，而愈益光大，像滚雪球一样，例如十七世纪的读者读到马维尔（Andrew Marvell）的名句：

但是呵在背后我时时惊闻
时间的飞车迫近的驶声

充其量只能做平面的欣赏。现在的读者重读这两行时，那感觉，便因三百年的消逝加上艾略特、麦克里希、海明威曾加以运用的联想，而显得立体化起来。不过，持久性并不等于持续性，因为即使是大诗人的盛名，也有暂衰甚且中断的现象。例如十八世纪便以为莎士比亚粗野不文，而浪漫诗人在二十世纪中叶以前也受到冷落。例如艾略特的批评，便忽视了惠特曼，贬低了弥尔顿，而推崇约翰·多恩。可见一个诗人，不但生前成败难定，即身后的神龛也常常要搬家的。持久性的标准还有一个不便，那就是，不能持以衡量当代的作者。

最后，我们似乎应该考虑考虑博大性和深度。这似乎更接近问题的核心了。我之所以把这个标准留待最后来讨论，或者可以说，我不太愿意涉及这个标准，是因为博大性或深度是相当抽象的名词，既难说明，又难指证，更难客观地鉴定其程度。我们没有办法“证明”莎士比亚的博大性超过马洛，或者叶芝比豪斯曼更有深度。我们似乎又得回到前述的“整体的饱满感”，说那是浑然沛然而不可分割的。理论上说来，一个大诗人必然具备充分的博大性和深度，但此二者在一个大诗人身上组合的比例，可以因人而异。我们似乎可以这么说：博大性是指诗人对人生的接触面，包括他在生活上吸收、感受、容纳的广度；深度则是指他在这样的范围内对人生做过什么程度的思考因而达到什么程度的了解。这样看来，似乎有些大诗人较偏于博大性，有些大诗人较偏于深度。现代诗人，由于和社会比较隔绝，大半倾向深度的开掘，例如里尔克，例如艾略特和瓦雷里。惠特曼和晚年的叶芝应该是例外。我们发现，古代的若干大诗人比较偏于博大性，例如乔叟。而辉映百代的诗宗，如杜甫与莎士比亚，则似乎兼有博大与深邃，达到横阔与纵深的平衡。

2

自从一九六五年艾略特死后，现代英美诗已经进入一个新的时代。现在的情形是：第一代的现代诗大师几乎死光了，只余下桑德堡、庞德、玛莲·莫尔、兰塞姆、艾肯、麦克里希和格雷夫斯。这些遗老之中，恐怕只有格雷夫斯和庞德能称为大诗人。格雷夫斯一直是现代诗的一支逆流，在以艾略特为中心的现代诗“正统”主持诗坛的时代（大约是一九二五年至一九五五年的三十年），他一直是个冷门人物，痛恨叶芝、艾略特、庞德，独独向往希腊的异教文化。近年来，这匹黑马受到了批评界应有的重视，渐渐有被公认为大诗人的趋势。庞德的影响力曾经笼罩现代诗坛，但他开创风气之功——包括他对叶芝和艾略特刺激的力量！似乎还在他自己作品的价值之上。

已故的大师里，叶芝和艾略特的地位已经是被公认了的，前者甚至被称为二十世纪最伟大的英语诗人，然而他们也是当代英美青年诗人猛烈攻击的对象，因为他们的保守思想，因为他们晚年皈依传统、宗教和神秘主义，因为他们排犹且逃避第一次世界大战，而最重要的还是：他们统治英美诗坛和学府太久了。为了抗拒他们和庞德的影响，当代的青年诗人，如金斯伯格，如费林盖蒂（Lawrence Ferlinghetti），如塞克斯顿夫人（Anne Sexton）和斯奈德（Gary Snyder）有意背道而驰，或转向惠特曼与威廉斯学习，或转向东方的禅乞求灵感，或转向救世军与爵士乐，总之他们不愿再追随于后期象征主义和欧洲文化之后了。

佛洛斯特，在艾略特的正统当权时期，也曾是一个冷门人物。他曾是一个有名的冷门人物。有名，是因为他的诗受到读者普遍的爱好；冷门，是因为晦涩成为诗坛风气的时期，他那深入浅出的“易懂”诗风被批评家误认为“肤浅”，因而他在最显著的地位给忽视了很久。直到近年，他的重要性才渐渐被肯定。佛洛斯特是极少数能够抵抗晦涩的浪潮的诗人之一，这一点，未来的文学史当能追认。事实上，晦涩已经在当代英美诗坛退潮了。

被冷落很久的威廉斯（William Carlos Williams），一直是现代诗中反对党的领袖。他反对艾略特正统把可能独立的美国诗附丽于欧洲大陆，更反对艾略特正统的背叛美国口语；他反对主知，提倡主感，以为美国诗人应该扬弃象征与博学，好好睁开眼睛来观察周围的世界。他的独创性也已受到一致的推崇。

在第二代的名诗人中，托马斯（Dylan Thomas）的地位似乎不很稳定。现在他的光芒已经不那样刺眼，批评家们开始指出，他的晦涩既是他的优点也是他的弱点。不过，他仍是最好的抒情诗人之一，这一点，似乎可以公认。斯彭德一直是最活跃的诗人之一，可是他的重要性，似乎较奥登为远逊了。斯彭德不是那样有才，他的作品格局蹇促、放不开，也太紧张。奥登是艾略特的大弟子，也就是主知派的大将，但是在艾略特正统崩溃之际，他的前途似乎颇难乐观。当然，他仍是有成就的极重要的诗人，拥有“诗坛的毕加索”的雅号。他是一条善变的蜥蜴，虽然风格千汇万状，但似乎欠缺主要的方向和构想。论者以为他的优点在意象之层出不穷，左右逢源，但缺点也就在不解割爱，以致有时专骛部分的追逐而失却整体的控制。奥登的大诗人地位，仍有待时间的澄清。

3

英美的现代诗现状略如上述。我们的现代诗近况如何?一九五四年迄今，台湾的现代诗已经有十几年的历史了。也许有人不禁要反躬自问：谁，是我们的大诗人?

这个问题是早熟的，更切题一点，也许我们可以问：谁是比较有希望的候选人?我们是否已经产生了这样的候选人呢?

不久以前，诗人们在台北曾有一次聚会，讨论现代诗此后的方向。当时有人慨叹地指出，近一两年来似乎是现代诗的低潮，某些作者已经终止创作，另一些，似乎在逐渐衰退，有分量有潜力的新作者出现得很少，至少他们不能弥补方思、黄用、吴望尧、林泠、覃子豪、杨唤的缺席。言罢，众人颇有一点新亭对泣的感觉。

当时我曾提出一项修正的意见，认为与其说目前现代诗正值低潮，不如说它正值过渡时期，并接近一个可能终于来到的新局面。我说“可能终于来到”，因为新局面的诞生，还需要诗人们自己努力。

对于一个优秀诗人久无新作这个现象，我们实在不必过分杞忧。一个作家的创作，有时中辍一个时期，未始不是一件好事，只要他并不停止他的吸收、感受、思考，只要他不断调整他的观察的焦点，保持甚且锻炼他的想象力，做重建他的新宇宙秩序的准备。这样的心灵状态，是蜕变的酝酿，不是停顿，更不是衰退。

我说目前正是台湾现代诗的过渡时期，因为在我的感觉中，现代诗的第一阶段已近尾声，不久的将来可能即展开第二阶段。到那时候，将有许多新的笔出现，可是活跃在第一阶段的笔，恐怕只能留下少数的几支，来参加现代诗史第二章的书写。而经得起时间考验的少数几支笔，便可以说明谁已被提名为大诗人的候选人。当然，仅仅继续写下去是不够的，因为你可以继续写到一九八六年，而事实上仅仅是在重复自己。我的意思是说，这种不断的创作必须是有机的发展，而这种发展必须影响诗的主流或者自成一股强大的支流。总之，现代诗的气候必须绕着你的笔尖旋转，而拔掉这支笔，必然留下一片显著的虚空。

这就引上伟大的另一标准了，那便是“超越性”。超越性应该是大诗人的一个必要条件。一个大诗人一生创作的过程，好像一个跳栏选手超越一连串的高栏，而最后一栏往往最高。任何大诗人都始于模仿，可是他不会长久安于做一名学徒。于是他面临第一个高栏，那便是超越他的老师。这一栏跳不过，他便命定要在一片伟大的阴影里生锈以终了。跳过了这一栏，便找到了自己，也就是说，他成熟了。不过他接着便会面临另一个危机，那便是，他不久就把这一季的成熟嚼食殆尽，眼看就要露出果核。于是，第二个高栏在他面前升起。如果他跳不过去，他便命定要不断地抄袭自己，吐出一粒又一粒雷同的果核。如果他终于跳过去了，那便证明他已经能超越自己。可以说，伟大已经在那一边欢迎他了。

一个大诗人，从模仿到成熟，从成熟到蜕变到风格的几经推陈出新，像杜甫、像莎士比亚和叶芝那样，必须不断超越，超越古人、超越时人、超越自己，事实上，每一篇杰作都是一次超越，否则修改与重写便没有意义。而超越自己是最为困难的。我想，目前诗坛的暂时沉寂，正暗示某些成熟的作者已面临蜕变的挑战。因为，只有能够超越自己的作者，才会被提名成为大诗人的候选人。

论二房东批评家

相对于“半票读者”，我们的文学界有论斤出卖的“半票作者”。这两种现象相辅相成；最早，究竟是鸡生蛋，还是蛋生鸡，再也分不清了。夹在蛋与鸡之间，还有一种“半票批评家”，欲以己之朦朦发人之昭昭，而使已经混乱的场面，显得更加迷失。在这样的氤氲气氛里，不少侏儒俨若大师，某些赝币流通于市场，而真正优异的作品，往往缺乏鼓励，甚且默默无闻。我们的时代没有文学批评，没有独排众议自成一家的文学批评。

这种现象，比它表面所显示的，要严重得多。因为一个民族在文学批评上所表现的没落或沉寂，说明了该民族对于美的判断，若非欠缺真知灼见，便是没有责任感。结果真正的判断，只有转入地下，以口碑或腹诽的形态，存在于少数心灵之间。这种迟钝的感受和怯懦的心理，在某种层次上，间接反映出该民族心灵的衰退。

此地所谓的“美”，不是“漂亮”或者“不漂亮”的问题。所谓“美”，是指一件作品，对人生的处理够真实，对文字的处理够成熟，而内容和形式又融和无间。反之，就是“丑”。在这样的了解下，文学不再是舞文弄墨的消遣，而是一个民族心灵的晴雨表；它关系一个民族的最佳心灵对于生活的态度和运用语文的能力。文学批评家的工作，便是观察这晴雨表是否有效、是否准确、是否真能反映民族心灵的气候。

美国现代文学之所以发达，文学批评的繁荣，是原因之一。所谓“新批评”，在兰塞姆、泰特、华伦、布鲁克斯等大师的领导下，雄踞美国文坛，并垄断学府的讲台，垂二十余年。直到近年才有谢皮洛（Karl Shapiro）、费德勒（Leslie Fiedler）等人起来，向他们的权威挑战。而无论何家何派的批评家，至少有一点相同：那就是勇于批评，尤其是批评当代的作家。而所谓批评，并不仅限于应景捧场的书评，更非浅尝即止三五千字的玩意，而是对于一位作家的长篇专论。大师如艾略特、福克纳者，生前即已成为卷帙浩繁的批评的对象，自不在话下。即如年事尚轻的萨林杰、罗威尔等，也莫不有专文专书加以评介。相反地，不要说今日在台湾的杰出作家无人批评，即使“五四”早期的作家亦何尝有专书研究？反而在台的美国留学生之中，有人以徐志摩或闻一多为论文对象。我们没有文学批评，没有精当而坚实的文学批评，应该是无可置辩的事实。

这并不是说，没有人在写批评，也不是说，绝对没有够格的批评。有是有的，但是不多，而在这已经极不繁荣的情形之下，多数的执笔者，都是面目模糊，言语支吾之辈。为了称呼方便起见。我为他们铸了一个名词——“二房东批评家”（sublessee critics）。

顾名思义，所谓二房东，是左手取之，右手予之，但自身也难保的一种人。他们介于大房东和小房客之间，顾盼自雄，俨然举足轻重。这种批评家，分来分去，最多分出大贫、小贫两种，而无论是大贫或小贫，都贫于思想，贫于文字，尤其贫于个性，可是落笔写评之际，莫不善于买空卖空，以无为有，以虚充实。他们的所谓批评，大抵道听途说，以讹传讹，不是作家的点名簿，就是旁人的意见箱，不是海盗版的谣言，就是怔忡症的口吃。这种二房东批评家，真需要《愚人志》的作者蒲柏，挥动他寒芒四射的“双刃剑”，做一次“平庸的大屠杀”，为文坛清出一片净土。

在蒲柏再世之前，我们不妨把二房东批评家们拼起队来，用 X 光拍一张团体照，分析分析他们的通病。首先，我们发现，二房东批评家们没有自己的见解。他们是一批惯窃，也是盗墓贼，因为他们同样不放过时人和古人，盗罢朱光潜再偷萨特，偷完王国维再盗克罗齐。他们最讲究“根据”，要做到“无字无来历”的地步。即使一个真正的批评家，也必须附丽于一位大诗人或大小说家。二房东批评家们，大概只能视为“寄生虫的寄生虫”，因为他们必须仰赖其他的批评家。但是，如果要说他们全无学问，那是不公平的。与其说他们没有学问，还不如说他们不知如何运用学问。面对纷然杂陈的资料，面对各家各派的理论，他们眼花缭乱，茫然失措，不知该如何选择，整理，组织，因而后语不对前言，矛盾百出，重心全无。事实上，一个批评家不但需要知识，更需要观点和立场：观点所以组织知识，有了观点，乃有井然的透视；立场所以决定批评家对作家与读者的关系，有了立场，乃有明确的责任。有些批评家成为二房东，不但是因为他们在学问上隔靴搔痒，更重要的，是因为他们观点模糊，立场暧昧，对于某些新兴的文学，如现代诗及现代小说，又像支持，又像反对，始终拿不定主意，结果我们有了一批“现代掮客”。观点属于智慧，立场则本乎良心。就立场而言，“现代掮客”还不如“古典忠臣”。

其次，有些批评家的所以成为二房东，是由于不精，甚且全然不解外文。在这样的情形下，他们对于西洋文学的了解，是相当二房东，也就是说，相当二手货的（second-hand）道听途说，以讹传讹，因此而起。中国的新文学受西洋文学的影响已深。一个批评家的看家本领，已无法局限于《诗品》或《文心雕龙》，然则，至少精通一种外文，已经是现代批评家的必要条件了。有些二房东，把大房东的理论或译述东抄西袭，改头换面，编进自己的大论之中，俨然亦大房东焉。有时他们竟会一字不易地引用大房东的文字或翻译，全不声明出处，脸都不红一下。我不敢以大房东自命，但我的译述，也屡为这批惯窃光顾。不过他们是逃不过苏格兰警察的明眼的。周弃子先生曾自谦不解西洋文学，但不认为次等货色的西洋文学通能轻易将他骗过，因为隔靴搔痒而以靴代足之辈，一举手一投足之间，都会暴露自己的二房东真相的，至于不通德文而畅谈歌德，未谙法文而介绍波德莱尔，连一首十四行都弄不清而要攻击莎士比亚或弥尔顿，那简直是亵渎神明了。

最后，我要指出，二房东之所以成为二房东，是由于他们贫于个性，表现在文字上，便是毫无风格。大批评家的文字，莫不呈现个人独特的风格，行文遣词之际，才华焕发，机智闪烁。譬如一支红烛，蜡油本身是学问，光焰是才情，而四周的红氛便是不可分析的风格了。最高级的批评，本身也是一种创作；它不但烛隐显幽，目光炯炯，抑且文字犀利，警语和佳句俯拾即是，令你感到，你接触的不是一堆冷资料，死教条，不是一个面无表情的验尸官，而是一个清晰的头脑加上一颗有灵气富情趣的心。二房东的笔，千篇一律，刻板，枯槁，而且迟钝。他们把批评当作功课一样去做，做得自己和读者都昏昏欲睡。或者把批评当作实验室的工作，一五一十，搬运主义、派别、理论、宣言等如使用仪器，结果读者得到的是一份报告。或者左顾右盼，心猿意马，与问题的核心保持安全的距离，务求达到充篇幅、杀时间之目的；文章可以某日赴文友某人家吃饺子在街头书摊上偶然翻阅到该书开始，而于褒五分贬五分，又赞扬五分低抑五分结果仍立在原地不动之后，以一种和事佬或证婚人的语气终篇。这种妙手空空的文章，作者写得半死不活，读者却气得沸血生烟。如果要这种没有风格的批评去介绍以风格见称的作品，岂不是奢望？一支钝笔，怎能挑得起沉厚的福克纳或是锋利的萧伯纳？一篇批评，至少要达到一篇好散文的标准。如果散文都写不精彩甚至写不通顺，怎么能取到批评家的行业执照？

所谓二房东批评家，并非我们这时代或地域的特产。我完全明白，任何时代，任何国家，都不能完全免于这种现象。本文所要分析的，也只是这种现象，并无意针对某一位二房东。我要攻击的，是整个夜，不是某一只老鼠。今日中国文坛的杂乱纷纭，良莠莫辨，真伪不分，必待真正的大批评家君临一代之后，始能云开见日，而照见伟人与侏儒原有的体魄与面貌。

但是在那样的大批评家出现之前，有志于建立文学标准的批评家不妨相互以二房东为诫，朝大房东的气象和规模前进。“二房东批评家”一名既立，或将有助于前述混乱局面之廓清。中国的现代文学，已有渐趋成熟的现象。我们急切需要的批评家，也许在扫荡伪作与劣作方面感到人情茧缚，不便下手，但他可以忘记那些朝生夕死的白纸黑字，却不可以推卸相马伯乐的正面责任。当他发现真正的千里驹，当他发现缪斯的行空天马（Pegasus）之时，他应该毫不犹豫地指认神驹于凡马之间，卸其鞍，解其缰，任其飞驰云表，进入不朽与历史。毫无疑问，未来的文学史必然记载这样的批评家的功绩，记载他如何独具慧眼，独排众议，率先向世界宣布一个天才的诞生：也必然遗忘那一群嗫嚅其言，反复其辞，没有头脑，没有灵魂，没有肩膀，甚至连一支笔也没有的二房东。

阿拉伯的劳伦斯

一个半世纪前，一个英国人企图扶助一个弱小民族，反抗雄踞在中、近东的土耳其帝国，他失败了。半世纪前，又有一个英国人做同样的尝试，凭了超人的智慧、毅力和体能，他成功了，结果是土耳其帝国的崩溃。前者是拜伦，后者是劳伦斯（Thomas Edward Lawrence），俗称阿拉伯的劳伦斯。两者还有一些类似之处：例如，都是成名甚早，都是英年夭逝，都是出身有名学府，都特立独行，和英国绅士社会格格不入，甚至面忤权威。另有一点巧合：拜伦出身贵族，劳伦斯虽无爵位，但他的生父原来是爱尔兰威斯特米司七世从男爵蔡普曼（Sir Thomas Robert Chapman），为了和女家庭教师（亦即劳伦斯生母）私奔遁世，才易姓为劳伦斯。

但是两者有一个基本的差异。在私生活上，拜伦本是一个纨绔子弟，耽于逸乐，且顾影自怜，善于作态。劳伦斯的心中也有一株顾影水仙，但大任降身之际，他的灵魂能提升到史诗的高度，竟而支持他的肉体，去忍受只有超人才能负担的痛苦和疲惫。多才的劳伦斯曾经翻译荷马的史诗，但他的名著《智慧七柱》（*Seven Pillars of Wisdom*）也已成为记述第一次世界大战东战场的现代史诗，而他自己便是这篇史诗的主角。沙漠，沙漠的空阔和虚无，那种远离文明的原始之煎熬和晕眩，那种对内要说服自己对外要说服阿拉伯各民族要征服土耳其人更要克服大自然的多重压力，对于这位现代史诗的主角，是一种形而下的也是形而上的考验。沙漠，原是天才内在的气候。绝顶的天才，原就命定了要忍受绝对的寂寞。“天才恒侵袭，但凡人占据且拥有。”劳伦斯如是说。大漠中往返的长途跋涉，驼背上的日日和夜夜，就劳伦斯的一生而言，正是一个缩影和一个象征。

而在舌敝唇焦之后，在摩顶放踵和出生入死之后，在肉体委顿和心灵颓丧之后，他成功了，因为他已名闻全球，而土耳其帝国也已经瓦解；但同时他也失败了，因为在内部的纠纷和协约国的阴谋下，阿拉伯非但不能独立，反而惨被瓜分。他曾站在协约国与阿拉伯之间，向后者保证战后的独立和自由。那些游牧民族曾如此相信他，崇拜他，视他为救世主，凡他至处，人群争挽他的衣裙，而他也隐隐然以现代的弥赛亚自命。战后的现实令他幻灭，而更重要的是，他感到自己像一个骗子。一切光荣都变成耻辱；世人的赞美和宣传只有加强他的自咎和厌憎。由于英国在法国压力下违背了战时对阿拉伯人的诺言，劳伦斯竟在英皇召见时当场拒绝了乔治五世的授勋，作为一种抗议。事后，当时的国防部部长丘吉尔，还曾为此事面责劳伦斯上校的无礼。

因为那时，劳伦斯已因战功而擢升为陆军上校了。但不久他做了一件令朋友们大惑不解的事情。尽管当局有意延揽他入阁，而丘吉尔也表示愿意保荐他出任海外某地总督，他都毅然谢绝，宁可改名易姓，隐入行伍之间。终于在一九二二年，劳伦斯以约翰·休姆·罗司（John Hume Ross）的假名加入英国皇家空军，接受新兵的入伍训练。他的真相很快被人窥破，经报纸一加宣扬，窘困的空军当局只好将他革退。在劳伦斯再三的要求下，皇家空军同意了一个条件：便是，如果劳伦斯能在陆军中服役一个时期而表现良好，则他可以回到空军里去。劳伦斯遂又易姓为萧（T. E. Shaw），而在战车队的军需站工作了一年。据说他的改姓萧，是因为他对萧伯纳非常钦佩，而且，由于面貌有点像那位名作家，曾被误为萧伯纳之子。战车队轻松的工作，使他有充分的余暇完成《智慧七柱》牛津版的修订，并翻译了两部法国小说。之后他果然回到空军，一直到一九三五年才期满退役。同年五月十三日，一个名叫魏廉逊的朋友，认为英、德两国交恶之际，劳伦斯是唯一胜任与希特勒商讨的人，乃邀劳伦斯去洽谈此事。劳伦斯在骑电单车去邮局拍电报给魏廉逊的途中，为了要闪避两个乘单车的男孩，滑出路旁，伤重昏厥，六日后死去。至今他的半身像仍竖在伦敦圣保罗大教堂中，与纳尔逊、威灵顿、康司泰堡为伴。

劳伦斯在阿拉伯的英雄史迹，尽人皆知，不用我来复述。他在战后的种种表现，也非这篇短文所能详谈。此地我只能提一提他异常复杂的个性和他在第一次世界大战后期及战后所表现的矛盾、沮丧、迷惘和自嘲自虐的心境。

许多传记家，甚至劳伦斯自己的朋友，对于他的特立独行，都感到难以了解，而有所谓“劳伦斯之谜”一说。例如：劳伦斯在进入土耳其重镇大马士革之后，何以在自己胜利的巅峰突然引退？何以在战后，朝野同钦，而国家方欲委以重任之际，他要遁世逃名于士卒之间，且接受极其苛严的训练？身为大英雄和名作家的他，经常在书信中透露悲观和懊丧。在给母亲的信中，他诉苦说：“要安于无所事事，我还太年轻，要从头开始，我又太年长了。”致诗人格雷夫斯（Robert Graves）信中，他说：“我深深地感到，自己的生命，在真正的意义上，已然逝去。”

劳伦斯所以突然离开大马士革，除了因为阿拉伯仍四分五裂，而英法的政治阴谋令他心寒齿冷之外，尚有另一隐衷。据说他一直因为自己是私生子而深感羞辱，乃视性为一种不洁，非但终身未娶，即女友也鲜闻来往。尤为不幸的是，在阿拉伯战役的后期，他因潜入敌后探刺军情，在德拉（Deraa）被捕。土耳其司令官并不知道他就是劳伦斯，但惑于他的白皙肌肤，竟拟向他施行鸡奸。在劳伦斯的反抗下，司令官将他刺伤，并令四名兵勇于鞭笞他之后，一一将他奸污。据劳伦斯在《智慧七柱》中的自述，当时他乔装阿拉伯人，虽在极端痛苦之际，仍能努力自抑，只用阿拉伯语，而不用英语呻吟。此事是否夸张，后人意见颇为分歧，不过它对劳伦斯身心的摧残，是无可比拟的。在德拉受辱之前，他在别人和自己的想象之中，俨然是弥赛亚再世。但经过了那次事件，他的自我神化和英雄气概便颓然崩溃了。这种幻灭，加上后来自疑是一大骗局，令他视表面的光荣如粪土，甚且怀疑一切的所谓伟大云云，恐怕都是起于误会。

更令他惊骇的，是他在受辱时，竟发现自己在鞭笞下反有一种变态的快感。这样，他不得不向自己承认，他并非救世的先知，而是一个受虐狂。他在《智慧七柱》中自供说："我欣然惩罚自己的肉体，在惩罚之中比在罪恶之中发现更大的快感；我因自豪于不单纯的犯罪而陶然。"论及他在阿拉伯的经验时，他又说："痛苦是一种溶剂，一帖泻药，痛苦几乎是可以佩得很美的一枚勋章。"

在德拉事件之后，他似乎用完了精神的燃料。他的使命感消逝了，余下来的是野心和权力的欲望。他变得嗜杀，但杀伐之后只感到怜悯，不感到胜利的喜悦。终于有一天，他发现，即使那种权力，也只是一种幻觉而已。他完全空虚地离开了大马士革。

但何以战后劳伦斯坚持要加入空军呢？何以他必须如此贬抑自己？论者尝谓他所以出此，是因为他患有同性恋。这是很不可靠的臆想。劳伦斯的朋友们，包括格雷夫斯，都证实绝无此事。同时，他先后在战车队和空军的纯男性团体中生活了十二年之久，亦未闻有任何可疑的记录。事实上，劳伦斯对任何肉体上的接触，都会深感震骇。这一点，格雷夫斯在早期的自传《向一切告别》（*Good-bye to All That*）之中，曾有记述。劳伦斯所以要自谪于行伍而听命于士官，第一，是因为他已厌倦于做一个名人、要人，厌倦于“扮演劳伦斯”这个角色；他要逃避自己，忘记自己，他要从自己的神话中解脱出来。第二，他在大战期间的超人表现，已经透支了自己的意志和定力。他曾经担当过太大的风险，负过太重的责任，现在，当一名二等兵，他可以仅仅服从命令，无论那命令有多愚蠢，而不用亲自负责了。第三，在沙漠的岁月中，他已惯于袍泽之情，惯于在艰苦的环境中分享单纯的同情。战后他深深怀念那种坦露的人性，他需要恢复那种安全感。第四，正如前面提起过的，他是一个受虐狂患者，他需要严格纪律的自惩和肉体的操劳。

同时，在军中他可以满足自己的另一个欲望——对速度的追求。他爱一切剧动而高速的东西。“速度是人性中第二种古老的兽欲。”他如此说过。他爱在浩浩的沙漠中驶车。在空军服役时，他促使空军当局注意海上救难的需要，且亲自设计并监造救难的快艇。最后的几年，劳伦斯一直以电单车为唯一的交通工具。他不喜欢汽车，认为汽车是没有灵性的东西，只合在风雨中乘坐。他常常驾电单车去看萧伯纳和哈代，每星期平均驶四百到六百英里。如果路好，他每每超速到每小时八十至一百英里。最后竟因此丧生。

劳伦斯就是这样一个矛盾的复合体。他在沙漠中缓缓骑驼，也在文明里高速驶车。他以全灵魂拥抱最单纯的自然，呼吸阿拉伯多开阔的空间，同时也喜爱科学，精于机械的操作。他是热爱过去的考古学家，同时也展望未来的世纪；他说："在我看来，我们这一代唯一主要的任务，是征服最后的一个元素，大气。"他是一个有超人成就的军事家和战士，但同时也是探索灵魂的作家和翻译家：他与嗜杀的阿拉伯人出生入死，也是许多现代作家例如萧伯纳、哈代、格雷夫斯和庞德的朋友。他是世界上最大的冒险家之一，但同时又那样羞怯、内倾，且患得患失。他的生命，繁复、矛盾胜过一千个人。他的灵魂究竟有多少窍呢？然则，一切伟大的灵魂不都是充满矛盾，如此宏丽地充满了矛盾吗？

劳伦斯和现代诗人

四十八年以前，两位青年诗人在牛津大学万灵学院一位研究生的宿舍里首次会面。主人为他的客人介绍道："埃兹拉·庞德。罗伯特·格雷夫斯——你们会互相讨厌的。"

我们不能不承认，这种介绍的方式实在不平凡。不过呢，客人原就不是平凡的客人，而主人，更不是平凡的主人。三个不平凡加在一起，结果当然平凡不了。现在那两位客人都已久别英国，客居南欧：庞德在意大利，格雷夫斯在西班牙，前者已经八十二岁，后者也已七十二了。主人远不如他的客人长寿，因为他已经死了三十三年，享年不过四十七岁。他就是第一次世界大战的英雄人物，赫赫有名的托马斯·爱德华·劳伦斯，俗称"阿拉伯的劳伦斯"。

这是英国当代名作家格雷夫斯（Robert Graves）一九二九年出版的自传《向一切告别》（*Good-bye to All That*）的一个小插曲。当时劳伦斯已经是名震欧美的人物，刚从巴黎和会回来，并接受牛津的奖金，在撰写那部叙述阿拉伯叛变史的《智慧七柱》。庞德从美国来伦敦，已经住了十二年，不久即将迁去巴黎。格雷夫斯也从欧洲大陆的战场回国不久。根据《向一切告别》的记载，格雷夫斯和劳伦斯友谊的开始，是在一九二〇年的二月或者三月，万灵学院的一个招待晚会上。格雷夫斯立刻被劳伦斯的眼睛所吸引。那是一对蓝得惊人的眼睛，和人交谈的时候，并不注视对方的眼睛，只是上下闪动，打量对方的全身。当时劳伦斯正和一位神学教授谈论古典文学，格雷夫斯加入他们的讨论，一开口便显得很内行。劳伦斯立刻转身向他说："你一定是诗人格雷夫斯吧？一九一七年我在埃及读到你的一部作品，觉得很精彩。"

这样认识之后，两人便开始来往，很快就成为好朋友了。格雷夫斯当时也在牛津修英国文学，课余常去劳伦斯的宿舍找他。由于劳伦斯习惯夜间工作，凌晨就寝，格雷夫斯总是在十一点以后近午的时候才去拜访。奇怪的是，两位刚退役的军人绝少谈到战争。劳伦斯上校在东战场出生入死，备尝精神上和肉体上的痛楚；格雷夫斯上尉在法国战场上也曾重伤而误以"重伤阵亡"的字样列于官方的报告。对于他们，大战的经验太残酷了，而牛津那种静谧的生活太美好了，令人怀疑是在梦中。劳伦斯尤其显得不愿重提往事。两人相戒不言大战种种。受过绅士教育的英国人，照例是不便探究别人的私生活的。格雷夫斯常在劳伦斯的起居室中看到叠得整整齐齐的《智慧七柱》的手稿，但是他抑制住自己的好奇。劳伦斯偶或谈及自己战前在米索普塔米亚的考古工作，但是两人谈话的题材大半是诗，特别是现代诗。

身为考古学家和荷马史诗译者的劳伦斯，对于诗人甚具好感，甚至有点羡慕。他认为诗人握有某种秘密，可以传授给他，使他获益。不过他认为，这种秘密在于驾驭文字，却未领会到，所谓诗，也是一种生活和思想的方式。说到现代诗，劳伦斯认识的诗人虽多，他的品位范围却以“乔治朝诗”（Georgian poetry）为主。例如霍奇森（Ralph Hodgson）便是他喜欢的作者之一。对于正宗的现代主义，他似乎并不很感兴趣。在给庞德的信中，他说：“当然，乔伊斯能写（也真写了，只是偶一为之罢了）；你能写（也在写）；艾略特……也许吧……我是学院风兼牧歌式的，倾向浪漫；你呢吞吐的都是逗点和惊叹号。”显然，他对艾略特似乎并不欣赏，不过在一九二〇年的时候，又有几个人能欣赏艾略特呢？

由于格雷夫斯的介绍，劳伦斯认识了其他两位所谓“战争诗人”，萨松和布伦敦，也认识了后来成为桂冠诗人的梅斯菲尔德。布伦敦后来成为东京大学和香港大学的英国文学教授，一九六六年，复当选为牛津大学的诗学教授。劳伦斯和萧伯纳之间的交往，是众所周知的。他的名著《智慧七柱》的手稿，曾寄给萧伯纳请教，初版八册之中，即有一册赠给萧翁。战后劳伦斯名气太大，为了逃避新闻界的骚扰，在投效英国空军时，他索性易姓为萧；一九二七年，他更正式改名为 T.E. 萧。据说，他所以如此，是因为某次有人误认他为萧伯纳之子。

哈代在接受牛津大学荣誉博士学位的典礼上，见到了格雷夫斯。后来格雷夫斯夫妇去道且斯特拜访老诗人，并将劳伦斯介绍给他。劳伦斯的交游至为广阔，除诗人外，他也仰慕艺术家。例如先后曾为萧伯纳、叶芝、乔伊斯、狄兰·托马斯画像的名画家奥格斯特斯·江（Augustus John），便是他的朋友，后来也为他画了一张像。

在诗人之中，劳伦斯还是最接近格雷夫斯。由于劳伦斯已经成名，且长格雷夫斯七岁，他和后者的关系似乎是介于师友之间的。格雷夫斯的诗集《大穿衣镜》（*The Pierglass*）中的某些作品，就曾经劳伦斯的指点而加以修正。此点说明劳伦斯于诗具有何等修养。事实上，《智慧七柱》的散文风格，清晰优美之中，具有高度的玄想性，不能不说是受了现代诗的影响。

从格雷夫斯的自传中，我们得知，当时已经三十多岁的劳伦斯上校，有时仍不脱大学生的本色。他的爱爬屋顶是有名的，某次他曾将阿拉伯黑佳斯部落的深红旌旗悬在万灵学院的一座楼顶。劳伦斯一直不满意牛津大学校园的阴郁气氛，且对格雷夫斯说，他有两个计划，可以使牛津洋溢活力。首先，他认为校园中的草皮已经腐朽，必须挽救。在一次院务会议中，他建议将草皮施肥或予以重铺，未为院方采纳，于是劳伦斯阴谋在草地上遍植野蕈，以迫使院方将草皮重新置换，且为此事去请教一位养蕈专家。但是植蕈之举似乎颇为繁杂，一九三一年，劳伦斯应丘吉尔之召，去协助处理中东问题，遂寝其事。

第二个计划是盗回莫德林学院的鹿群。原来这鹿群早在中世纪的时候就为万灵学院所饲，劳伦斯拟藉格雷夫斯及其他学生之助，在一个清晨将那些鹿赶进万灵学院中心的四方小天井里。大家对于这次的偷袭感到非常兴奋，可惜不久劳伦斯离开牛津，只好作罢。不过，在劳伦斯离校以前，他毕竟做成了一件事，那就是策动万灵学院的校工罢工，以争取加薪并减少工作时间。这种事情，是牛津建校以来前所未闻的。

劳伦斯是在一九二二年离开牛津。两年后，布伦敦也应东京大学之聘去任英国文学教授。这时格雷夫斯年入不过两百镑，四个孩子都不满六岁，而他的夫人南希（Nancy）身体也欠佳。医生劝他迁去埃及，以远离英国寒湿的气候。正好那时埃及皇家大学在开罗建校，需要一位英国文学教授，年薪一千四百镑，甚为丰厚。格雷夫斯参加应征，终于获得了这个职位。推荐他的有力人士，包括政治家牛津伯爵艾斯奎斯、小说家本涅特（Arnold Bennett）和劳伦斯。当时任英国派驻埃及行政长官的劳易勋爵，正是劳伦斯在大战期间的朋友。于是格雷夫斯在一九二六年携眷前往开罗。临行前，他收到劳伦斯的一封信：

> 与欧洲如此邻近的埃及，不是一个野蛮的国家。至于埃及人……你不必和他们交往。事实上，一个英国人要能结识埃及人的话，倒真是一个奇迹呢。至于官僚阶级，则不与外人交往，怡然自得，无视于人民。一半是因为，在冬季，有那么多外国人去埃及游乐；其他的女人，住在那里的，如果真肯和游客交往的，一定也是浮华中人。
>
> 我觉得你的薪水很高。是最近才增加的。你的教职可能趣味盎然，也可能异常艰苦，全看你是像小泉八云那样起劲，或是像尼可斯（Robert Nichols）那样厌恨而定。就算你厌恨这教职，也不会有什么害处。埃及气候晴好，风景不俗，产品高级，人民则好奇而可厌；但你性格稳定，不至于仅因讨厌你的工作而惊慌失措。像像样样地教你的书吧，拿人的钱，就做人的事，而且悠闲地享受你的余暇（埃及有的是余暇）。劳易会好好照顾你的。
>
> 你不妨漫游——巴勒斯坦。撒哈拉的绿洲。滨临江海的省份。西奈（有趣的沙漠）。尼罗河口的沼泽。布

拉姆利在西区沙漠中建的屋宇。开罗城中神庙的建筑。

是的，说不定你不会讨厌这份工作的。我想机会是均等的。这样做，对你没有什么害处，因为你的家人将因住在热带（开罗在冬天并不热）而获益，而你的工作也不至于将你逼得盛怒欲狂。薪水也是有用的。开始六个月的费用之后，你应该颇能存点钱。格罗皮店里的冰咖啡，值得一饮。

那么，祝你成功。

老得好漂亮

——向大器晚成的叶芝致敬

经过历史无数次的选择，叶芝和艾略特已经被批评家、文学史家和同行的诗人公认为二十世纪前半期的两位大诗人。许多批评家甚至认为前者是现代英语诗坛最伟大的作家。这种荣誉、这种崇高的地位，不是侥幸获致的。艾略特的声誉，至少有一半建筑在他的批评和诗剧上；叶芝的，绝大部分要靠他的诗，虽然他在戏剧、散文和故事方面也相当多产。

在诗创作的过程上，两位大诗人形成有趣的对照。艾略特的发展比较平稳，他的天才是早熟的，但并未早衰；叶芝的发展迂回而多突变，他的天才成熟得很缓慢，整个过程，像他诗中的回旋梯一样，呈现自我超越的渐次上升之势，而抵达最后的高潮。早熟的艾略特，一出手便是一个高手。他在二十二岁那年写的处女作,《普鲁夫洛克的恋歌》,在感受和手法上,已经纯粹而成熟,且比同时代的作者高明得多。叶芝则不然。一九〇八年,四十三岁的叶芝已经是爱尔兰最有名的诗人,且已出版了六卷诗集,但是他的较重要的作品,那些坚实有力的杰作,根本尚未动笔。如果当时叶芝便停止创作,则他充其量只能算是一个次要诗人,甚至只是一个二三流的作者。

最难能可贵的是:从那时起一直到七十三岁逝世(一九三九年一月二十八日)为止,他的诗,无论在深度和浓度上,一直在增进,他的创作生命愈益旺盛,他的风格愈益多变。以一位已然成名的前辈,叶芝转过身来接受年轻一代的新诗——当时崛起于英美诗坛的意象主义,且吸收比他小二十岁的庞德的影响。当时,庞德去伦敦,原意是要向叶芝学习,但是结果他给叶芝的影响似乎更多。尤其可贵的是:叶芝的好几篇重要作品,都完成于七十岁以后,死前四个多月写的《本布尔本山下》(*Under Ben Bulben*),仍是那么苍劲有力,比起丁尼生那首压卷作《出海》宏大得多了。

这种现象,在英国文学史上,是罕见的。华兹华斯的代表作,几乎在三十七岁以前就写完了;从四十五岁起,虽然写作不辍,但他的创作力迅速地衰退,形成一种"反高潮"(anticlimax)的现象。这种过程,和叶芝的恰恰相反。华兹华斯虽多产,但由于他欠缺自我批评的能力,作品良莠不齐,劣作甚多。华兹华斯的诗来自“沉静中回忆所得的情感”，但他自中年以后，生活孤立而刻板，沉静日多，情感日少，愈来愈没有什么好回忆的了。此外，柯勒律治对他的健康影响，正如庞德对叶芝和艾略特的健康影响一样，几乎具有决定性；中年以后，华兹华斯和柯勒律治的友情分裂，他就不能再依凭柯勒律治的鼓舞和批评了。

在弥尔顿的身上，我们似乎找到和叶芝相近的例子。弥尔顿的杰作，例如《失乐园》和《桑孙力士》，都是晚年的作品；但是弥尔顿六十六岁便死了，比叶芝要早七年，而他的较早佳作，如《里西达斯》《沉思者》《欢笑者》，及十四行多首，均在三十岁以前完成。叶芝早期的代表作，如《当你年老》及《湖心的茵岛》等，和晚期的作品比较起来，非但风格大异，而且诗质较低。《湖心的茵岛》一首，除第二段颇具柔美意象外，通篇皆甚平庸。而第二段的所谓柔美，也不过具有十九世纪中叶“前拉菲尔主义”（Pre-Raphaelitism）那种恍惚迷离，带烟笼雾的感伤色调罢了。

叶芝的可贵处就在这里。他能够大彻大悟，打破自己的双重束缚，奋力超越自己。叶芝是爱尔兰人，而爱尔兰在他五十七岁以前一直是英国的一个藩邦，在文化上是一种弱小民族的小局面。在另一方面，即以整个英国而言，叶芝开始写作时，正是维多利亚时代的末期，也正是浪漫主义之末流而又末流，大诗人几已绝迹。可以说，除了哈代以外，叶芝年轻时的九十年代英国诗坛，仅拥有一批蹇促不申的歇斯底里的小诗人如道孙之流，而当时的哈代方弃诗而就小说，以小说闻于文坛，而不以诗闻。这双重限制，地域上也是时间上的，构成他早期不利的条件。叶芝终于能将它摆脱，且成为超越时空的国际性大诗人，实在不能不说是一个奇迹。

最初，叶芝也不过幻想自己要做一个爱国的作家罢了。在这双重限制下，他自然而然地步“前拉菲尔主义”和唯美运动的后尘，写一些浪漫而朦胧的次等货色。像《旧歌新唱》（*An Old Song Resung*）一类作品，其低回于自怜的情境，置之九十年代任何小诗人的诗集中，恐怕都没有什么分别。为了提倡爱尔兰的文艺复兴运动，叶芝更进一步，把这种浪漫的余风带进爱尔兰的民俗、传说和神话。结果，是朦胧的表现手法加上模糊的主题。这种作品，和现实的把握，个性的表现，距离得太远太远了。伟大的作品，在这样的情形下，绝对无法产生。

那么，究竟是什么力量使叶芝中年以后的作品变得那么坚实、充沛、繁复、新鲜且具活力呢？论者总不免要提出他如何效法布雷克，如何从东方哲学和招魂术，神秘主义，等之中，提炼出一套个人的神话和象征系统，作自己写诗的间架；所谓“个人的神话”（private mythology），在叶芝夫人的沟通下，竟形成叶芝的宗教观和历史观，更导致叶芝的艺术信仰，决定了他的美感形态。例如，在他的系统之中，月象征主观的人，日象征客观的人。例如生命和文化的过程都是回旋式的；灵魂的经验有如上升的回旋梯，似乎恒在重复，但实际上是层次的提高；而文化的过程有如线卷之转动，上一型的文化逐渐在放线，下一型的文化便逐渐在收线。例如文化的生发，全盛和式微皆有周期，所以两千年的异教文化之后有两千年的基督文化；而二十世纪正面临另一型文化的生发，但暴力和毁灭必然笼罩这过渡时期。这种种耐人寻味且激发想象的信念，已是学者们一再强调而我们耳熟能详的“叶学”要义了。我愈来愈感觉：叶芝诗中屡次暗示的正反力量相克相生互为消长的信念，相当接近中国哲学的阴阳之说，而他所谓历史与文化的周期性运动，也令中国的读者想起，前汉书中所谓周德木汉德火的朝代递换原理。二十世纪的两位大诗人，叶芝和艾略特，都弃科学而取玄学，是一件很耐人玩味的事情。叶芝非但敌视科学，将二十世纪贬成“我们这科学的，民主的，实事求是的，混杂而成的文明”，而且谈空说有，到了迷信的程度。

我们所关心的，不是他的迷信，也不是他那神话或象征系统的枝枝节节，而是他这种基本的信念，如何因他诗中强烈丰盛的感受而经验化起来。原则上说来，一种诗的高下，不能以它所蕴含的哲学来做标准，至少，哲学家桑塔耶那的诗，就诗而言，不会比非哲学家的欧文的诗高明。最重要的，是那种哲学对那位诗人是否适合，是否能激发他的想象，以完成他的新世界的秩序。叶芝的个人神话，有他自己的书《心景》（*A Vision*）和无数的学者详加诠释，我们在此不必赘述。在此我只想指出叶芝诗中的一项基本观念，那便是：一切相对甚至相反的力量，似相对而实相依，似相反而实相成；是以小而个人，大而文化的生命，皆应接受而且超越这种无所不在的相反性。这种观念，和我国道家的哲学似乎颇为接近，但叶芝虽然窥见了这种真理，他却不能像老庄那样，以退为进而夷然坦然加以接受。例如他虽然悟于心智日益而形体日损之理，但对于老之将至老之已至仍不能不既怒且惊。可贵的是，他并不畏缩或逃避；相反地，他转身向老耋向死亡挑战，可以说，一直到死他都是不服老不认输的。这种表现，这种“虽九死其犹未悔”的勇气，毋宁更接近儒家，接近儒家的孟子。在《自我与灵魂的对话》（*A Dialogue of Self and Soul*）一诗中，叶芝透过自我说：

> 我愿意从头再生活一次
> 又一次，如果生活要我跳纵
> 到青蛙生卵的盲者的沟中，
> 一个瞎子捶打一群瞎子；

这种无所畏惧的正视现实而又乐于生活的精神，正是一个大诗人应有的表现。将豪斯曼（A. E. Housman）和叶芝做一个比较，我们不难发现，豪斯曼对生活的态度是逃避的，甚且否定的，他对人生的认识是狭窄的、片面的，他的局格比较蹇促，意象比较单纯，而节奏比较薄弱。豪斯曼第一卷诗集和第二卷诗集，在出版的日期上，竟相距二十六年之久，但两书在主题和形式上，实在找不到多少差异。叶芝对生活的态度，与他恰恰相反；叶芝的洋溢的生命力，使他的作品永远在寻求，永远在变，使三十岁的他和七十岁的他前后判若两人，而后者比前者对生活更为执着，更为热爱。这位“愤怒的老年”在一首短诗中说：

你以为真可怕：怎么情欲和愤怒
竟然为我的暮年殷勤起舞；
年轻时它们并不像这样磨人。
我还有什么能激发自己的歌声？

真的，叶芝不但老而能狂，抑且愈老愈狂，抑且狂得漂亮。然而叶芝是一个奇妙的结晶体，他不但能狂抑且能静，不但能热，抑且能冷，抑且能同时既狂且静，既热且冷。暮年的叶芝，确实能做到“冷眼观世，热心写诗”。唯其冷眼，所以能超然，能客观；唯其热心，所以能将他的时代变成有血有肉的个人经验。

由于叶芝的《心景》（*A Vision*）恒呈现这种“似反实正”（paradoxical）的相对观，他的诗乃予读者一种“戏剧的紧张性”

（dramatic tension）。这里所说的戏剧的紧张性，不是指叙述的生动，而是指他的诗，在构思上，往往始于矛盾，而终于调和。虽然他在《丽达与天鹅》那一首诗中，叙述逼真而富动感，他的一般作品往往在象征的焦点上集中，而不在叙述的展现中着力。艾略特尝谓，好的抒情诗往往是戏剧性的。反过来说，仅仅止于抒情的抒情诗，往往不是伟大的诗，因为那样将失之平面化，而不够立体感。有矛盾与冲突等待解决的诗，常常富于立体感，因为矛盾必有两面，加上调和与综合后的一面，乃构成三度，成为一个三度空间。止于抒情的诗，往往是“一曲”之见，虽然写得长，思想和感受的空间不见得就相对地扩大。叶芝的诗，往往以矛盾的对立开始，而以矛盾的解决终篇。例如《航向拜占庭》便以旺盛的青年和衰朽的老年对立开始，而以艺术的不朽终篇。《自我与灵魂的对话》之中，矛盾存在于向往涅槃的灵魂与拥抱生活的自我，结果是自我的选择获胜。《再度降临》（*The Second Coming*）则因旧文化已崩溃而新文化蠢蠢欲生而形成一种等待的焦灼与悬宕，暗示的力量可以说发挥到极限了。《学童之间》因灵魂的美好与肉体的残败之间的悬殊而感叹，结论是“折磨肉体以迁就灵魂是不自然的”。《为吾女祈祷》的对照，则是谦逊与傲慢、秩序与混乱、仁与暴、德与容之间的选择。而对立得最鲜明、冲突得最尖锐，而统一得也最完整的一首，要推《狂简茵和主教的谈话》：

我在路上遇见那主教，
他和我有一次畅谈。
“看你的乳房平而陷，
看血管很快要枯干；
要住该住在天堂上，
莫住丑恶的猪栏。”

“美和丑都是近亲，
美也需要丑。”我叫。
“我的伴已散，但这种道理
坟和床都不能推倒，
悟出这道理要身体下贱，
同时要心灵孤高。

“女人能够孤高而强硬，
当她对爱情关切；
但爱情的殿堂建立在
排污泄秽的区域；
没有什么独一或完整，
如果它未经撕裂。”

这是叶芝最直率而大胆的短诗之一。它发表于一九三二年，当时叶芝已经六十七岁，而思想仍如此突出，语法仍如此遒劲，正视现实接受人生的态度仍如此坚定不移。最为奇妙的是：他竟然愈老愈正视现实，把握现实，而并不丧失鲜活的想象；在另一方面，他竟然愈老愈活用口语，但并不流于俗或白，也并不丧失驾驭宏美壮大的修辞体的能力。他的口语句法，矫健如龙，能迅疾地直攫思想之珠。他曾经强调说：写诗要思考如智士，但谈吐如俗人。这种综合的诗观，后来同样见之于佛洛斯特的创作。叶芝和佛洛斯特二老，都善于用一个回旋有力的长句组织一首独立的短诗，寥寥七八行，首尾呼应得异常紧密。那种一气呵成的气魄，有如我国一笔挥就而力贯全字的草书，说过瘾真是再过瘾不过了。叶芝晚年的短诗，如《长久缄口之后》等，都是这样的一句一诗之作。后来，狄兰·托马斯（Dylan Thomas）的某些作品，如《我阴郁的艺术》，似乎也受了叶芝的影响。

现代英诗的两大宗师，叶芝和艾略特，后者主张诗要“无我”（impersonal），而前者的诗中几乎处处“有我”（personal）。两者孰优孰劣，此地不拟讨论。但“有我”的叶芝给我们的感觉是如此亲切，可敬。生命的一切，从形而下的到形而上的，从卑贱的到高贵的，他全部接受，且吞吐于他的诗中。然而无论他怎么谈玄，怎么招魂，怎么寻求超越与解脱，叶芝仍然是一个人，一个元气淋漓心肠鼎沸的人。他对于人生，知其然而仍无法安其所然。老子所说："吾所以有大患者，为吾有身。及吾无身，吾有何患？"似乎可以作叶芝老而更狂的注脚。叶芝尝期不朽于无身（《航向拜占庭》中所云 once out of nature），但他也很明白，无身之不朽只有在有身之年始能完成。正如我在《逍遥游》一文中指出的："敢在时间里自焚，必在永恒里结晶。"叶芝真是一个敢在时间里纵火自焚的愤怒的老年。对于这场永不熄灭的美丽的火灾，我们不禁赞叹：老得好漂亮！

六千个日子

1

在“中副”发表第一首诗，迄今已有十六年了。竟然已有十六年了！想起来，真是令人“怆然暗惊”。十六年，应该不算太短的日子。因为一个世纪已经过了将近六分之一；因为我们围着老太阳已经又绕了十六个圈子；因为六千个日子已经使少女变成妇人，妇人变成老妪，而当我对大三班上的大孩子们提起自己的“少作”时，他们脸上的表情，已经非常之茫然而又茫然了。

许多作家的创作生命，不幸，连十六年也不满。济慈的，前后不过七年。蓝波的，据说更短。这十六年来，包括前后在美国的三年，我似乎还未曾向缪斯请过假。如果可能，以后我也不准备向她请假，直到老耋。在这六千个日子里，我的产量不算多，比起济慈；也不算少，比起豪斯曼。尽管如此，有一本海外的刊物曾经称我为“最多产的诗人”。我的总产量，到现在为止，究竟有多少，自己也无法统计，因为发表过的作品，并未完全剪贴，何况整本的剪贴，也曾经遗失过，更何况有些作品，为了各种原因，当时不曾发表，事后也就湮没了。保守一点的估计，我的总产量应该包括三百五十首诗（其中包括六百行的《天狼星》，一百五十行的《敲打乐》等七首长诗）和四十五万字的散文。在翻译方面，我大约译了二百六十首诗（包括英译中与中译英），十万字的论评，二十二万字的书简，三万字的戏剧，四十万字的小说。两者合计，至少有六百首诗，一百二十万字的散文；如果全部印成专集，大概有十六种诗集，九种散文小说戏剧集。此外，我用英文写的论评和序言之类，约有三万多字；可望于年底写完的《李贺评传》约有七万字。

2

开始写所谓的“新诗”，已经是二十三年前的事了。当时我正在读高中，一面也试着写一点所谓的“旧诗”。当然，两种试作都是不成熟的，因为那时我根本无所谓自己的“诗观”，只感觉有一股要写的冲动罢了。开始在报上发表作品，是在厦门，那时我在读厦门大学外文系二年级。可是自命为“新诗人”，正式努力创作，而且经常在报刊上发表作品，仍是一九五〇夏天来台以后的事情。从那年秋天起，到一九五八年秋天去美国留学为止，我经常在“中副”发表诗作。此外，经常刊登我的诗的出版物，先后有《蓝星周刊》《蓝星诗页》《文学杂志》《现代文学》《文星》《联合副刊》《中华副刊》《新生副刊》等。十六年来，我几乎没有一天不和诗发生关系。写诗、译诗、论诗、教诗、编诗；诗，占去了我大半的生命。

分析一下自己的诗创作的风格，似乎可以分为六个阶段。此地我拟引用“创世纪诗社”最近出版的《中国现代诗选》中的分析，来解释前五个阶段：“①最早的格律诗，咏叹处女青的年龄所幻觉到的羽毛级的悲剧，单弦的行板自管自地奏得好凄怆，维持维特的烦恼吧。②酝酿现代的过渡时期，大约自一九五五年到一九五八年作者去美国留学时为止。此时余光中的触须向各方面探索，企图在现代的冲击中寻找自我。母亲的死，孩子的生，促使他感性的成熟。③留美时期。一九五八年秋天至翌年夏天，作者处于一个纯粹隔绝的精神状态，背景是大幅空间的美国和没入历史中的祖国。这时期的作品，更受现代绘画的启示，在意象上呈现突兀和紧张，成为一个心灵在时空的重吨压力下的变形和求生。④全速的现代时期。发展的结果，是《吐鲁番》《恐北症》

《天狼星》等作品。不久余光中因为对传统抱持与部分现代诗人不同的态度，毅然表明自己的立场，且寻求广义的现代主义。在这个时期，余光中在现代运动中的激荡力波及面颇广。即使在全速行进之际，他诗中的时空背景仍是中国的。渐渐，他努力避免向西方神话、宗教、文学乞取名词或意象。终于在一九六二年夏天，他进入了⑤新古典时期。他坚持回到中国。在莲的意象里，他寻获神、人、物三位一体的东方气质。他的意境呈现空灵与透明，形式去烦琐而存简洁，句法更发展成为二元基调的变调，连锁进行，因句生句，因韵呼韵。这种形式似乎很容易学，一时从者甚众。”

至于第六个阶段，似乎从一九六四年秋天去美国讲学起一直延续到现在。中国的苦难，深深地烙着我的灵魂。立在眼前这场大旋风和大旋涡之中，我企图扑攫一些不随幻象俱逝的东西，直到我发现那件东西便是我自己，自己的存在和清醒，而不可能是其他。借用奥登的句法，我对自己的灵魂说：“疯狂的中国将你刺激成诗篇。”《敲打乐》应该是这一个阶段的代表作。愈来我愈觉得，对于一个面临目前中国现实的诗人而言，叶芝的意义应较艾略特为重大，而金斯伯格也比威尔伯更切题。一个诗人对他那时代的把握，无论如何，还是在他的诗中，而不在枝枝节节的直接的论战。我认为：当前文化界的论战乃至“骂战”，日趋混浊，徒然浪抛精力，对未来的历史，只成过眼云烟罢了。弥尔顿的地位，毕竟建筑在他的史诗上，而不在他中年的论战文章上；何况某些“骂战”者的文字和风格，去弥尔顿不可以光年计乎！

关于所谓“现代诗”，自一九五九年到现在，已经有过好几次的论战。结果现代诗非但没有销声匿迹，反而愈益兴盛，在大学生中受到普遍的欢迎。一种站得住的艺术，绝对不畏时间的考验。我愿在此地做一个（似乎是冒险的）预言：现代诗终将成为中国诗的正统，成为屈原、陶潜、李白、杜甫的嫡系传人。这似乎是一种自大的狂言，但是事实摆在眼前。所谓现代诗，不但已经是台湾诗坛的主流，抑且影响遍及香港与南洋的华侨。

时至今日，仍然有不少人怀抱着偏见，幻想现代诗是文坛上一匹不受欢迎的黑马，且无销路。在此地我只想就个人的一些经验举例，作为有力的答复。我的诗集《莲的联想》，自一九六四年六月初版迄今，不到三年，已然销到第三版了。这情形，不能算是畅销，但以诗而言，也不能算是滞销。这样子的销路，比拜伦和丁尼生（后者的版税曾高达每年一万镑以上）不及，但比起雪莱和惠特曼来又好多了。据我所知，有些小说家的书，也不过三年两版而已。在人口几乎十四倍于中国台湾的美国，一本诗集通常的销路是八百册，能销到两千册就算颇“畅”了。此外，我自去夏回台后，曾应邀到各大学演说。为了测验大学生对诗的反应，我的所谓演说，往往只是自诵作品，别无其他。比较成功的两次是在台大和成大：除了坐满了，也站满了，且无人中途离去。这种反应，大概不算对现代诗的“冷淡”吧？一月二十日晚上，台大四个社团举办诗朗诵比赛，结果比赛者所诵作品，有一半是现代诗。二月二日晚上，师大英语学会举办“诗歌之夜”，邀请夏菁、周梦蝶、蓉子、罗门等诗人自诵其诗。那晚下了不小的雨，同时师大还有别的活动，结果仍然是满座。

对现代诗的另一个非难，是所谓“难懂”。好像诗应该像流行歌曲那样，一听便入耳一般。又好像古典诗是篇篇都易解的。在中国，是否人人都懂杜甫、韩愈、李贺、李商隐、黄庭坚的作品呢？白居易的“此时无声胜有声”，意境接近济慈的：“Heard melodies are sweet, but those unheard are sweeter.”请问，有几个老妪能解呢？在英国，又有多少读者懂得约翰·多恩和勃朗宁？丁尼生曾经诉苦说不懂勃朗宁的《索尔德罗》。拜伦也曾宣称，只有妄人才自命了解华兹华斯的《远足》。在现代，两位获得诺贝尔奖奖金的大诗人，叶芝与艾略特，都是以“难懂”出名的。要“懂”他们的诗，必须在学问上做相当的准备，同时，更重要的，在想象上必须受相当的锻炼。要讲他们的诗，所耗的时间，往往数倍于桑德堡或梅斯菲尔德，但学生兴趣的浓度，也往往增加数倍。在最严肃的意义上说来，一首杰作，尤其是一首新的杰作，是对于读者品鉴力的一项挑战，也是对他的想象力的一次训练。

我的作品，在现代诗中，不能算是“难懂”的一种。“难懂”是有程度上的区分的。某些诗人甚至嫌我的诗太“好懂”，但那些“好懂”的诗，对于许多读者却成为“晦涩”。以一月十七日发表在“中副”的《母亲的墓》为例，许多读者（包括一个女孩子，一个陆军上尉，一个文学批评的教授）都认为可解，但是当我向父亲提议，要把它刻在母亲的墓碑上时，老人家便面有难色了，因为他认为那首诗晦涩难解。经我加以解释，且再三坚持，那首诗才上了碑石。在台湾，也许它是刻在碑石上的第一首现代诗。

我的诗，当然也不是都那样易懂的。不止一次，在演说之后，有听众问我：一个诗人在创作时是否考虑到读者能否接受的问题？我的答复恒是：对的，他或多或少会想到这一点，但是他在辛苦经营之际，最关切的一点，毋宁是如何将他要表现的，表现得够味道、够强烈、够完美。有时候，他为了要表现得更强烈，甚至宁愿牺牲一点明朗。而所谓“明朗”也者，应该是“云破月来”，是“柳暗花明”之境，而不是内容单调的一目了然。

3

我的诗观一直在变化之中，正如我的诗。可是无论它怎么变，我恒相信内容与形式的相互依赖，不容分割，正如心灵与肉体的不可分割一样。一个真正的诗人知道：没有内容的形式只是韵律的练习，不讲形式的内容只是一种原料式的思想和感情而已。诗中有画，但诗并非画。诗自有音乐性，但诗并非音乐。诗中不妨富于哲理，但诗并非哲学。诗可以反映现实，但并非政治或社会工作。

我始终相信：诗是一种高度综合的艺术。在内容上，它是思想、情感、官能经验的综合。在形式上，它是意象和节奏的综合。这两种综合复以文字为媒介，因为文字一方面有意义，另一方面有音乐性和图画性，可以沟通内容和形式。一首成功的诗，必然是综合的。有些作者过分强调某一因素而忽略了其他的因素，结果是产生了畸形的作品。过分强调思想，便成了谈玄或说教，成了可厌的宣传。过分夸大情感，便成为伤感（sentimental）。过分侧重文字，便成为修辞（rhetorical）。同时，我也不信任偏爱音乐性的所谓“纯诗”（la poésie pure），或是偏爱视觉效果的所谓“图画诗”。

可是，诗和音乐的关系，仍比它和绘画的关系来得密切一些，因为毕竟诗和音乐都是时间的艺术。至少，一落言诠，便不能无声，声音延续，便不能不成节奏，但是一首诗往往可以历经数句而不呈任何画面或动作。例如“生年不满百，长怀千岁忧”两句，便是如此；正如一个人可以暂时闭上眼睛，但不能停止呼吸一样。节奏确实是诗对诗人的一个不断的挑战。某种类型的节奏，重复久了，敏锐的诗人一定要将它扬弃，去创造新的节奏。中国的一部诗史，从四言到五言到七言，从诗到词到曲，几乎就是节奏的发展史。

现代诗的节奏，虽然异常繁复，但可以简化为“唱”和“说”两个类型。所谓“唱”，是指较为工整而规则的音乐性；而“说”，是指近于口语的自然起伏或疾徐的腔调。也就是说，前者近诗。后者近散文。中国古典诗的节奏，句法整齐，平仄协调，韵脚铿锵，完全是“唱”。西洋的古典诗亦如此，一个例外是“无韵体”（blank verse）。“无韵体”免于韵脚的拘束，可以大量运用“待续句”（run-on line），所以节奏较近于“说”；但因仍需顾及“抑扬五步格”（iambic pentameter）的规则，结果是介于“唱”与“说”之间。

英美的现代诗人，几乎终身都在逃避上述这种统治了英诗节奏好几个世纪的“抑扬格”。从叶芝到狄兰·托马斯，仍然是继承莎士比亚和弥尔顿的“唱”的传统。美国诗人似乎自由一点，从惠特曼起，便渐渐建立起“说”的传统。从马斯特斯、桑德堡、威廉斯，一直到金斯伯格，都有意走“说”的一途。即使佛洛斯特，表面上虽然在“唱”，实际上却往往在“说”。

中国的现代诗人，似乎也需要逃避韵脚，对仗和“凑双”的传统影响。“五四”初期的新诗人，往往仅在字面上用了白话，而未在节奏上锻炼口语，也就是说，仍然在“唱”，而不“说”。身为中国人，只要一动笔，那些四言而对仗的句法便滔滔而来，结果是满纸的：“花香鸟语”和“秦宫汉阙”。这便是中国式的唱。我的诗，在节奏上，仍然以“唱”为主。使它多少免于陈腔的，应该是它糅合中英“唱”法的新“唱”法，而且有时兼“唱”兼“说”，有时在“唱”的框子里“说”。我发现最后的安排甚为有趣，美国的女诗人莫尔（Marianne Moore）便常设计一些分段布行皆甚有秩序的诗型，使它看来像“唱”，而听来像“说”。我想，我的诗所以能有一些读者，“唱”是原因之一。但是，要在节奏上不断求新，似乎应该多试验“说”的可能性，或者在“唱”与“说”的调和上多下功夫。

4

因为习于写诗，我的散文颇接近诗。非但抒情的散文如此，就是论评的散文也不时呈现诗的想象。尽管有些朋友，例如於梨华女士，认为我的散文胜于我的诗，而另一些朋友，例如周弃子先生，只承认我的散文而绝口不提我的诗，我自己始终认为，散文只是我的副产品。诗是我的抽象画，散文是我的具象画。诗是我的微积分，散文是我的平面几何。

对于散文，我相信；对于诗，我迷信。我始终迷信诗是更接近神也是更表现灵魂的一种冒险。写散文，是“谋事在人，成事在人”。写诗，则“谋事在人，成事在天”。你可以早晨坐在书桌前面，对自己说：“嗯，今天我要写一篇三千字的散文。”当天晚上，你可以打电话给编辑，说他要的稿子已经撰好。例如，三千多字的《莎诞夜》，便仅是一夕之功。写诗，你怎能这样潇洒？有时为了一字未妥，你奋力追捕，如狮子搏兔；有时为了一个飞跃的意象，你苦坐了一整天，结果一只翅膀也孵不出来。

我第一篇比较像样的散文，是一九五三年年底发表在“中副”的《猛虎和蔷薇》。之后，我写了不少论评的文章，但是一直到一九五八年去爱荷华读书，才写出像《石城之行》那样的作品。那样的作品，包括后来写的《鬼雨》《莎诞夜》《九张床》等，我无以名之，名之为“自传性的抒情散文”。

我不愿意称那些作品为什么“抒情小品”，因为它们的密度显然要大得多，所以给读者的感觉也比较醇、厚、重。所谓密度，是指内容的分量与文字篇幅间的比例，比例大者，密度也大。目前文坛上似乎流行着一种看法，以为所谓“抒情小品”只要写得平平顺顺、干干净净，予人一种什么轻飘飘的感觉就行了。胡适表示欣赏一个作家的散文时，总爱说些什么“五百多页的一本书，我一口气就读完了，可见你的白话文真够流利痛快，读下去毫不费劲”之类的话。没有什么比这种“散文观”更为肤浅而且误人了。也许莫姆的小说可以一口气读完五百多页，但是我们不妨去读一读真正的散文大师如乔伊斯和福克纳的作品，看我们能不能一口气读五页，仅仅是五页？比起那些“用别人的字，造别人的句，说别人的话”的散文家来，五页的乔伊斯给我们的东西，千百倍于他们的五百页。

我国的某些散文家，对于英美散文的认识，似乎到十九世纪的兰姆、卡莱尔、安诺德、沛特诸公便为止了。对于二十世纪的新文体，对于乔伊斯、福克纳、海明威、劳伦斯、托马斯·沃尔夫、史泰茵等在文字上的革命，他们似乎完全茫然。他们似乎迄未觉悟：“作家功在表现，不在传达。”他们的结构仍停留在平面的时空关系上，而叙述仍作直线的进行。他们的散文，在最庸俗的层次上，往往一面自怜，一面诲人。在文体上，欧化一点的，往往敷衍成一种边说边叹的“闺怨腔”；土一点的，往往拼拼凑凑，织补成一种自命警语的“伪骈文”。而这一类的散文家，无论真正的性别为何，在文体上一律是最低意义上的“阴性的”（feminine）。

事实上，我们的散文作者，包括小说家在内，很少在文体上表现出“阳性的”（masculine）气质，这和西洋的现代文坛，形成了一个显明的对照。我们的文坛向来呈现一种阴盛阳衰的景象：不少女作家固然是一片闺怨腔，即连男作家，也有许多是满篇脂粉气的。

我在散文上努力的方向之一，便是要洗涤这股窒人的脂粉气。我认为散文可以提升到一种崇高、繁复而强烈的程度，不应永远滞留在轻飘飘软绵绵的薄弱而松散的低调上。我认为散文可以做到坚实如油画，遒劲如木刻，而不应永远是一张素描，一幅水彩。现代散文应该在文字的弹性、密度和质料上多下功夫；在节奏的进行上，应该更着意速度的控制，使轻重疾徐的变化更形突出。标点，对于一位现代散文家而言，不但功在表明文义，抑且可以主动地调整文句进行的速度。一个有才气有胆识的作家，不妨更武断地使用标点。所谓“武断地使用标点”，包括在需要缓慢进行时多用标点，在需要高速进行时少用，或者完全省略。至于文字本身，则应该尽量做“最有效的”选择与安排，使字的音与义化成一体，而达到最大的暗示性。

一个现代散文家，应该在追求更高的效果时，勇敢地打破文法的警律。去年十一月底，我在台大举办的“左右手演奏会”上，曾经提出“卡旦萨”一词，解释自己在散文艺术上的一项试验。所谓“卡旦萨”（cadenza），原来是西洋音乐的名词，有人译成“装饰奏”。我不愿用“装饰奏”的译名，是因为“装饰”予人以浮华之感，而且“奏”字不适用于声乐。所谓“卡旦萨”，是指通常排在独奏乐或独唱乐尾部，一种自由抒发的过渡乐句或乐段，其目的在表现演奏者或歌唱者的熟练技巧。在抒情散文的创作中，我借用“卡旦萨”一词，来形容一篇作品达到高潮时兴会淋漓的作者忽然挣脱文法和常识的束缚，吐露出来的高速而多变的句子。其效果，接近协奏曲或咏叹调的“卡旦萨”，也类似立体主义绘画中的叠影。例如下面这样的句子：“战争燃烧着时间燃烧着我们，燃烧着你们的须发我们的眉睫”，如果改成“战火燃烧着时代，也燃烧着我们，同时也燃烧着你们的须发和我们的眉睫”，意思是更明显了，文法也通了，只是强烈的效果完全丧失了，因为不但节奏松了，意象也散了。我所要追求的现代散文，就是这种把螺丝钉全部上紧了的富于动力的东西。

5

翻译和批评各自成为一个天地，本文的篇幅不允许我一一详述。两者至少有一点相同：那便是，高级的散文修养。事实上，写一手好散文，应该是一切作家和学者的必要条件。要做一个够格的翻译家，至少还应有三个条件：语文的知识、才气、经验。纪德曾经说过：每个作家都有责任就自己的才具和气质至少选译一部外国作品，以充实他本国的文学。我非常赞成他的意见，因此甚为惋惜一些有资格翻译的作家（例如王文兴先生）迄今犹不肯分出一部分时间来从事这种工作。至于我自己，一直对于翻译具有很浓厚的兴趣。对于我，翻译一篇作品，等于进入另一个灵魂去经验另一种生命，然后将那种经验转授给未去过的朋友。假以时日，我希望能将《白鲸》译成中文。

至于批评，中国的新文学，自“五四”迄今，已有半个世纪，但文学批评的传统始终没有建立起来。原因固然很多，文学批评未能超然于政治之上，恐怕是最严重的一个。例如，当“左翼”文学把持文坛之际，纯正的文学批评不幸被宣传的口号所淹没。其次，中文系似乎一直仅仅是古典文学系，对于“五四”以来的新文学简直视而不睹，结果是造成了很少作家和更少的批评家、懂得新方法具有新见解的批评家。这种情形和美国的英文系（他们的国文系）几乎相反。我教过的一家美国大学的英文系，所谓的九十小时的文学课程之中，现代英美文学占了九个小时，中国文学（他们的外国文学）占了六小时，文学史和各种文体导论之中的现代部分，还不包括在内。我们的外文系的确教育了一些年轻的作家，但培养出来的翻译家和批评家，仍嫌太少太少。我知道，自己做学问的习惯纯粹是游侠式的，所以一直不敢以学者或批评家自居。我的一些批评文字，大半是在一种“不得已也”或“不吐不快”的心情下出鞘的。真希望专治文学批评的学者，如颜元叔先生等，能分出一些时间来从事现代中国文学的批评工作，如以前夏济安先生有心要做的那样。

6

我的英文著作很少，而且几乎完全是论评之类。我发现，自己在写论文时能够用英文想（think in English），但在创作时则不能。要做一个康拉德或纳博科夫，实在不是一件容易的事。整部英国文学史中，能有几个康拉德呢？弥尔顿写过拉丁文的悼诗，艾略特也有法文作品，然而他们仍是英国作家。文学，较之音乐和艺术，更富于民族性。我的朋友之中，颇有几位以为，仅凭中文创作，似乎只能赢得地域性的声名，然则何不脱胎换骨，改用外文创作？这种抱负，我同情，但不同意。我觉得，做一个中国的作家，是最有前途也是最为光荣的事情。此地所谓“前途”，不是指三年五载的“出路”，而是指整部的中国历史。

从“五四”到现在，终身从事文学创作的作家，似乎愈来愈少了。即在台湾的短短十余年中，也已经有不少才气甚高潜力甚厚的作家，因为种种现实的困扰，而未能继续为缪斯护驾。有的被死神召去。有的被财神诱走。有的洗了手。有的去了异域。有的丧失了信心。翻开大业书店十年前出版的《中国诗选》，我发现，当时入选的三十二位诗人之中，死去的已有三人，不再写诗的已有十八人，今日只留下十一人了。这是何等可惊的现象！好在新人不断继起，这原是文学史必有的过程。唯有时间是这场马拉松的裁判了。

从“二房东”说起

1

自从某年十二月二十六日我在《大华晚报》的“读书人”周刊发表短文《论二房东批评家》以来，朋友之间，曾有一些反应。而正式为文讨论的，则有征信新闻的方以直先生。二月十四日的“人间”副刊，发表了他的一篇方块文章《二房东》，其大意是说：“论二房东批评家”已引起广泛的注意，而“所谓‘二房东批评家’，即是只能根据‘二手货’来写批评的人。例如他谈莎翁的戏剧，只是看过朱译的《李尔王》，或者他谈《白鲸》，只是看过毛姆评介《白鲸》的一篇论文，或者他的批评文字里博引诸家，实际上是摘自文学批评史一类书籍中的片断……余先生文中强调他所谓‘二房东’只是指一种现象，不是指某一个人，然而现象是人造成的，这一针，据说扎痛了所有不能从原文中汲取知识获得发现的‘独眼龙’”。接着方先生曾就此可能的误会为我辩白，说我对“知识的转述者”并无悔意，而“二房东”一词，加诸某些惯窃或惯乞，则又甚为宽容了。

对于方先生的诠释，我感激；对他的灼见，我钦佩。我的那篇短文，对于一位称职的批评家，所提出的要求，除知识之外，尚有观点与立场。所以我说：“观点所以组织知识，有了观点，乃有井然的透视；立场所以决定批评家对作家与读者的关系，有了立场，乃有明确的责任。有些批评家的成为二房东，不但是因为他们在学问上隔靴搔痒，更重要的，是因为他们观点模糊，立场暧昧。”批评家不仅是一部字典或一个舌人，他更应该是一种鉴赏力和一份责任感。

果真有人，像方先生不幸而言中的那样，以为拙文刻意讽刺那些“不能从原文中汲取知识获得发现”的作者，而被一针扎痛了，则我只能表示万分的遗憾。拙文初无挟外文以傲人之意。我的用意只是：如果没有外文的充分修养加上文学的内行知识，最好将自己局限在平平实实的就文论文的批评文字之中，不必强充解人，动辄搬弄什么派、什么主义，或是诉诸莎士比亚或叶芝的权威。因为这样做法，对外行，或有装饰之功，但对于内行，只有出丑之虞。因为少数真正的行家，在洞察此辈“文坛齐人”的虚实之余，尽管不愿宣之于笔，但总忍不住泄之于口，或者，至少至少，会交换一个微笑，或一瞥眼色。这种“地下批评”，往往比“地上批评”更接近真相，也更接近未来的批评史。

一位不谙外文的作家，也不一定就不能写批评文章。不谙外文最多不便评介外国的作品或理论，并不意味着鉴赏力的低下或是直觉的迟钝。一位批评家，与其生吞活剥数种文字，还不如将本国的文字锻炼得至精至纯。有些人粗通外文，甚至精通外文，但对于该国的文学仍旧是外行。这种例子太多太多了。我就见过某些大学教授，曾在外国留学，也通晓该国文字，甚至研究过该国文学，但是他们用中文译述或评介该国的文学时，依然文字拖泥带水，思想杂乱无章，那些粗枝大叶的评语，加在福楼拜身上和加在左拉身上时，并无任何区别。这种介绍性的文章，真像瞎子说媒，说者无心，听者无趣。自己都不了解甚至也不热衷，怎么能激起别人的共鸣？

要求这类半桶洋水的洋学者，这类“文学观光客”，输入纯正的文学批评，实在是一种奢望。我读过的某些精彩的批评文章，往往出自像周弃子先生那样未尝作“文学观光”者之手。周先生所写的王敬羲先生和苏雪林女士的作品的书评，不但评论的分量铢两悉称，而且文字曲折成趣，结果你不但读了一篇好批评，也欣赏了一篇好散文。能写这样一手好散文的作者，对文字的敏感是不言而喻的；对这样的批评，你立刻便产生了信任。文学功在“表现”（express），而不在“传达”（communicate）。我几乎也要说：文学批评何尝不如此？门肯（Henry Lewis Mencken）就一再强调：所谓批评家，往往是一个伪装的创作者。也就是说，批评本身也是一种艺术、一种创作；只有才气稍逊的批评家，才会把一篇书评当作化学试验、心理学报告，或是小学生的作业那样去做。我有一个偏见：即是散文都写不清楚的作者，绝对不是高明的批评家。文字，是文学这一行的基本工具。连工具都拿不稳，手艺可想而知。一个文字粗鄙的批评家，正如一个衣衫褴褛的裁缝那样，不能赢得我们的信任。

2

方先生在《二房东》一文中，用“独眼龙”来形容欠缺原文知识的作家。事实上，在某种意义上，谁也不能避免做一个独眼龙。好在文学史告诉我们：大作家不必是语言学家。《圣经》是西方作家们必读的一本书，但是大多数的西方作家只能读它的译本，而不懂希腊或希伯来原文。事实上，某些英国古典作家所读的《圣经》，甚至仅是拉丁文本的转译，已经是三手货了。英国作家之中，不乏精通外文的学者，如弥尔顿和安诺德，但是另外一些作家，如莎士比亚和济慈，则不通外文。所以莎士比亚要利用他人剧本的情节，要依赖何林谢德的“史记”；而济慈也要仰仗查普曼英译本的荷马作品。如果你真有天才，则即使透过翻译，你也能汲取丰富的营养，甚至比那些“文学观光客”从原文所汲取的更多，因为你知道如何选择，而且更善消化。英国浪漫诗人之中，济慈可以说最欠缺古典文学的原文修养，而托马斯·坎贝尔（Thomas Campbell）、莫尔（Thomas Moore）等都译过希腊诗。但是济慈诗中的古典气氛甚至精神，反而浓于其他浪漫诗人。

“五四”以来，中国也有不少极为出色的作家，只能从二手货的译介去咀嚼西方。沈从文、周梦蝶、朱西宁、司马中原，及早期的痖弦诸位先生，都是令人赞赏的例子。对于这样的作家，我毋宁加倍地崇敬，像崇敬气象不凡的“大房客”一样。问题的关键在如何凭自己的直觉和高级的中文修养，去区别那些译介文字的高下和真伪。

3

要鉴别一个批评家是否二房东，有一块试金石。那便是他的文学史观。千篇一律、崇洋的二房东抱持“进化论”的文学史观，而崇古的二房东，则坚持“退化论”。在本质上，非常奇怪地，进化论者往往不解现代文学的精义，退化论者又往往昧于古典文学。进化论者的逻辑，是今胜于古、洋胜于土。在他们的想象中，每个现代中国作家必然师承一位或数字西洋现代作家，而且可以很方便地纳入什么派、什么主义。“浪漫派”“传统”“学院派”等，是他们最现成的武器，只要一亮出来，对方便算是判了死刑了。他们最大的“障”，是一种攀龙附凤的心理（sense of belonging）。其实，这种“云从龙，风从虎”的心理状态，确实能给二三流的作者以安全感，但是一位真正成熟而独立的作家，是不需要这种保障的。

退化论者包括所有的保守头脑。这是一种文学的保皇党心情。在这样的心情下，文学上一切创造的企图，无论成功与否，都被视为叛逆。这些保守的孤臣孽子，大半是文法家、修辞家、文字学家、文学香客、文坛记者和某些国文教员。对于他们，任何形式的创新，都违犯了文学良民的禁律，且构成对于文学传统的亵渎行为。他们完全昧于文学史的演变过程，不明白所谓学者的任务，只是整理已被公认的作品，而归纳出几条原则来，说，哪，文学就应该是这样的，因为杜甫或者歌德曾如此做过。学者的任务，也就是说，好像警察，只负责维持已经占有的城市的秩序。至于前线的战事，最好还是交给随军记者去报道。作家，便是最前线的战士，而批评家，便是随军记者。也只是随军记者，才能告诉我们，那些最新的武器具有怎样的性能和效果。

英国现代诗人格雷夫斯（Robert Graves）在他早年的自传《向一切告别》（*Good-bye to All That*）中，曾记述他和老年的哈代（哈代当时已经八十岁，格雷夫斯才二十五岁）一段忘年交，说哈代懊悔年轻时误信了批评家的话，“将早年诗中的方言俗字删去，而那些字在通用的英语中是无可替代的。可是批评家们仍是纠缠着他。一位批评家指控他这样的一行诗：‘他的身影小在远方（His shape smalled in the distance）。’哪，他不这样写，该怎样写？于是哈代笑了一下。近日，为了怕再度受人指摘为闭门造车，他曾经一再向字典中寻查某字，找到了，字义确是如此如此——只是看下去时，发现那字义唯一的出处，竟是他自己的几被淡忘的一部小说！”

相对于“攀龙附凤”的心理，中外古今的二房东之流，每每对于同时代的创作者来一次“烹龙煮凤”的大屠杀，以为这样作践了名作家们，便能“逆取”文名，成为文坛的暴发户了。但是文学史上，实在找不出任何批评者因“逆取”而成大器的例子。批评也是一种创造性的艺术，唯创造者始能成为真批评家。讽刺和谩骂的差别，便是前者骂得含蓄、骂得艺术、骂得美、骂得千古难忘，而后者徒有恶意、仅具怒容，但是毫无艺术可言，更不论骂得是否公正了。一个作家，如果欠缺坚实的正面贡献，绝对不能为文坛所公认。以己之恶，掠人之美，以己之无，蔽人之有，不败者几希？

4

因此我想到自己的一段诗：

姑且步黑暗的龙脊而下
用触觉透视
也可以走完这一列中世纪
小叶和聪聪
拨开你长睫上重重的夜
就发现神话很守时
星空，非常希腊

这是我五年前发表在《作品》上的一首诗，《重上大度山》的首节。那时我在东海大学开“现代文学”，上课时常提起希腊的古典和中世纪。小叶指叶珊，聪聪指少聪。夜间，三人走下大度山，四顾昏黑，而仰望灿然，因念昏黑者当属中世纪，多龙的黑暗时代，而灿然者当属希腊，多神话多情的希腊星空。任何稍具星象常识的读者，都知道那些星座（英仙、双子、仙女、人马）和希腊神话有多么密切的联想。然则，“星空，非常希腊”，有何不妥，要令那些笨重的脑袋瓜子摇之又摇，而又摇不出一丝一毫结果来呢？

文法学家们看诗，只见文法，而不见诗，于是群情哗然，期期以为不可了。以这样的眼光去看诗，将天下无诗。一千年前，中国的读者以为李贺“无理”。一百年前，英国的书评家以为济慈心智失常。美国诗人肯明斯将句首字和第一人称单数的主词小写，美国人以为荒谬透顶，中国人想不出这有什么不妥，因为中国字压根就没有大写这件事。肯明斯的名句：

He sang his didn't he danced his did.

美国人看了，大呼不通。盖 didn't 与 did 乃助动词，何得而为名词？中国的苏髯掀髯朗笑道：有何不通？歌者所以歌其不曾，舞者所以舞其曾经；因记于此，

聊亦记吾曾

岂有哑巴缪斯?

1

一九六五年的初秋，夏菁和我同客美国。他高踞落基山顶，我远卧五湖平原，两地相隔，千五百英里。九月间，他飞去芝加哥，我则驾车去芝城迎接。参观了艺术馆后，太阳已经偏西，便负着落晖，冲着满地的秋色，驶回密歇根去。那夜月色清朗，平而直的超级国道，无声地流着，流一条牛奶的运河。怀乡人最畏明月夜，何况长途犹长，归途的终点也不能算家。于是两人对吟起唐人绝句来，一人一首，结果，是愈吟愈愁。事隔年余，仍记得当时，吟到“不知何处吹芦管，一夜征人尽望乡”，真感到是那么一回事，一时“鹅皮”（gooseflesh）都麻了起来。那实在是难忘的一夜。

“鹅皮”也好，“鸡皮”也好，诵诗而到高潮，我的反应之中，总会有这么一点生理的成分。不是冒起鸡皮鹅皮，便是目润喉涩，最敏锐时，更有猝然中箭的感觉。英国诗人豪斯曼在《诗的名与实》一文中，也曾经描述诗对他的作用，是生理甚于心智。他说，在早晨修脸的时候，他尽可能避免想诗，否则一句诗忽然涌现在心中，他的面肌紧张起来，剃刀便会失手。又说，随之而来，会有一阵寒战，自上而下，扫过他的脊椎，且有泪水涌至眼中。最后，豪斯曼说，胃部是这一切感觉的中心。高敢也表示过，看梵高的画使他的胃不宁。

绘画到底是空间的艺术，构图的节奏感对我们生理的节奏（例如呼吸和脉搏），所起的作用，似乎不如诗和音乐一类的时间的艺术，那么强烈。虽然十分喜爱绘画，我在面对一幅杰作时，所经验的是一种深沉然而缓慢的感动，缓慢，是因为画家没有限你一定的时间去领会他的作品。音乐则恰恰相反，其节奏感完全取决于时间；人体的节奏感受到它的影响，随之疾缓起伏，所以我们在生理上对音乐的反应，总是更为迅速而直接。证之以我个人的经验。被一段美好的旋律感动时，我会生鸡皮、竖汗毛、麻头顶；但神往于一幅画的意境时，似乎很少这种生理的现象。

尽管有少数诗人（从乔治·赫伯特到阿波里奈尔到肯明斯）热衷于诗的空间表现，诗，在本质上仍是一种时间的艺术。而时间艺术的诗，对我们的作用，尽管是非常心灵的，也是颇为生理的。这一点，似乎有不少的读者，甚至作者自己，尚无明确的认识。缪斯，一半是神，一半也是女人。她紧扣我们的心灵，但同时也满足我们的耳目。缪斯而成为哑巴，则所以成为女性的魅力，已经丧失了一半。不幸的是，中国诗的缪斯，已经显示出变哑的危机了。

对于我，对于中年以上的某些读者，中国古典诗的朗吟（英文叫作 chanting）是可以终身享受的一种高级乐趣。说得轻松些，它可以自娱，可以娱人，是雅人名士的一种消遣，一种修养。说得严重些，它成为欣赏古典诗的一个必要条件；短如一首五言绝句，不加千百遍的朗诵或低吟，是不可能充分心领神会的。我这一代的中年人，身逢抗战，经历种种的不幸，而比起现在的青年来，至少多一件幸事，那就是，懂得如何吟诵古典诗。小时候，我的父母和二舅父都会吟诗。他们虽未着意教我，毕竟耳濡目染，久之我也吟成了自己的一种腔调。其后这种吟哦，或高咏，或低唱，给了我无穷的安慰。今日，我的学生之中，甚至青年诗人之中，据我所知，十之八九都不会吟诵古典诗。某些青年诗人，恐怕还没有意会到这是一种不利、一种缺陷。默读唐诗，甚或用今日的语言出声诵读，固然也可以获致相当程度的了解；但比起慢声朗吟千百次后的那种领会，恐怕相去远甚。最大的原因，在于前者仅仅是心灵的吸收，而后者加上了生理的沉浸。所谓“熟读唐诗”，也就是要用生理的适应去帮助心灵的吸收，使那种节奏感，那种声调，进入肌肉，缠绕每一根神经。

这样的分析，有些读者可能认为缺乏“诗意”。但是诗的生理作用，往往可以超越心灵的领会而影响读者或听众。我在美国授中国诗的时候，班上的金发孩子们对我朗吟的反应，总是热烈的，有些学生甚至要我教他们跟着吟咏。一位学生事后告诉我：他念这一班所留下的最深印象，是某次听我朗吟《国殇》。其间我也有时应邀去别的大学演讲，而当我在演讲时朗吟李白或杜甫时，完全不懂中文的听众，总是兴味盎然。这种反应，大部分属于生理。反之，我不懂西班牙文，而每次听到西班牙神父兼诗人劳治国（Father Carlos Orozco）朗诵洛尔卡炽热的抒情诗，总是感到一种绝大的过瘾。又如狄兰·托马斯的诗，据有些人说，看起来很费解，听起来，尤其听他自己朗诵起来，反而很容易接受，至少会感到，那节奏之中，挟带着一股强大的说服力。再如乔叟那种中世纪的英文，看起来好费劲，而听傅良圃神父（Father Fred Foley）念起来，忽然透明得多。不错，心灵是诗的殿堂，但是，耳朵是诗的一扇奇妙的门。仅仅张开眼睛，是不能接受全部的诗的。我几乎可以说，一首诗若未经诵出，只有一半的生命，因为它的缪斯是哑了的缪斯。在台湾，某些诗人铺张意象而无视于节奏的结果，已经使部分现代诗哑然无声，不能卒读。这样发展下去，也许有一天我们的新诗会哑掉，而古典诗的吟诵，也可能失传。（例如某些读者，是不知道什么是入声的。而将“水深波浪阔，无使蛟龙得”读成平声，哪里还有凄恻之感？）中国文学岂不变成了哑文学？

英文有一个字，我最喜欢。audience 的本意，是听众，也是观众，在美国，它还有读者的意思。在中文里，还没有一个字，能兼读者与听众二义。一个诗人在创作时，是以什么样的人为对象呢？是以读者，或是听众为对象呢？在某种崇高而纯粹的意义上，诗人可以自称，他的创作的对象是某一个人，是他自己，自己的灵魂，是虚空，是神；也就是说，他的作品是悼诗，是书简，是自言自语，是一种祷告，一种符咒。果然完全如此，他可以寄掉，烧掉，忘掉，或者记在日记里面。如果他拿出来发表，则他显然是以一群人为对象了。当罗赛蒂把一卷诗封在他亡妻的棺中殉葬时，那些作品的对象只限于一个女人；但是后来，当他启棺取诗，将之公诸读者时，对象便成为一群人了。

华兹华斯认为，诗人是对众人说话的一个人（a man speaking to men）。这当然和演说家不同。演说家同时对一大群人说话，眼中并没有单独的个人；诗人也许有一千个听众或读者，但每一个人都感觉，诗人似乎只对他一个人单独对谈。在一个民族的早期文学之中，诗只以听众为对象，因为那时诗不但可以朗诵，更可以吟唱。之后，诗不但与音乐分了家，甚至渐渐与口语分了家，结果是，诗保有了读者，但失去了听众。最后，自从象征主义以后，似乎连读者也愈来愈少了。

以美国诗为例。爱伦·坡曾企图再度将音乐与诗接合，但拘于机械的格律，似乎是按照节拍计谱写的，乃被爱默森呼为“叮当诗人”。林赛（Vachel Lindsay）也曾热心这样的结合，不过他直接用乐器来伴奏。桑德堡则以吉他自弹自诵。不过诗和音乐分家似乎是分定了。在另一方面，诗和口语的关系，也是时疏时密的。艾略特在理论上，强调诗应该采纳语言自然的节奏，且须具备好散文的起码条件（因此他曾反对弥尔顿的过分割裂与倒装），但在自己的创作上，有时文白夹杂，频用外文，例如《荒原》之中，竟用了六种不同的外文。庞德也有这种毛病。大致上说来，艾略特的理论，实践在他的诗剧中的，多于在他的诗中。佛洛斯特的所以广受欢迎，原因之一，在于他作品中自然而亲切的对话体裁。美国现代诗所以未被晦涩的独白体完全淹没，佛洛斯特的榜样是有阻挡作用的。例如晚一辈的艾伯哈特（Richard Eberhart）便深受他的影响。更年轻的一辈，包括“敲打的一代”，更透过威廉斯和意象派，欲直追惠特曼的自由诗，更是纯以口语为节奏的基础。费林盖蒂（Lawrence Ferlinghetti）更说：“印刷已经使诗变得冷寂无声，我们遂忘记诗曾是口头传讯的那种力量了。街头歌者和救世军传道士的声音，是不可蔑视的。”

无论如何，美国的诗人仍未与“听众”脱节。一些诗人应邀到大学里去演讲，往往只是解释并朗诵自己的作品。我听过的诗人自诵，先后有佛洛斯特、布莱恩（John Wain）、威尔伯（Richard Wilbur）和赫克特（Anthony Hecht）等几位。佛洛斯特很容易地吸引了两千多人。威尔伯的听众，挤满了一座会堂，也有四百人左右。艾略特在明尼苏达大学诵诗时，听众一万三千多人，有人甚至认为是沙福克里斯以来的最高纪录。和费林盖蒂一样，名诗人谢皮洛（Karl Shapiro）也极力强调听众的重要性。他在《什么不是诗？》一文中说："听众品鉴力低下这个问题，在批评中恒成为主要的借口。事实上，除非当场试验，别无他法可以测出听众的品鉴力。"接着他又说，"一切好诗对于听众皆有直接的震撼力。最伟大的诗，皆以戏剧或叙事形式出之，即可证明此点。几乎一切的现代诗，无论是当场或是事后，皆不能发生震撼……现代诗之为病，便是与一切活生生的听众脱节之病。"

2

三年前，我还在台湾的时候，往往应邀到各处做专题演讲。这次回台后，我便改变方式，将所谓专题演讲，改为朗诵自己的作品，且稍稍加以诠释。我发现，听众对后者的反应，远比对前者为热烈，因为专题演讲是理性的、泛论的，而自诵作品是感情的、个人的，更易引起人性的共鸣。

集体性的现代诗朗诵会，我自己曾经策划、主持过四五次，也曾多次参加过别人所举办的。自己所主持的几次，最成功的，是一九六四年三月底在耕莘文教院举办的“第三次现代诗朗诵会”。那次的听众约有五百四五十人，其中颇有一些是旁立到终场的；参加朗诵的，除诗人们自己外，尚有教授、军官、神父及各大学学生，所诵语文包括中文、英文、法文和西班牙文。

不过，台湾的诗朗诵，和海外的有一点不同。海外的诗朗诵，似乎绝少备有印刷品，供听众边听边看。在台湾，像这样的场合，无论是“现代艺术季”的发表会，台大学生主办的“现代诗交响乐”，或是我主持的“现代诗朗诵会”，往往备有作品的全份油印，让“听众”同时做“读者”。这一点差异意味着至少两件事。第一，中文的同音字远比西洋语文的同音字为多，要全赖耳朵去分辨，当然不如耳目并用那么方便。像“联合国”“青岛”“印象主义”等多音的名词，固然一听即懂，但遇上单音字，而上下文又不清楚时，听觉便不灵了。例如“事”的同音字，据一本《汉语词典》所列，便有三十六个之多。碰上“事”“四”不分的诵者，情形就更混乱了。英文自然也有同音字，唯一音之中，像 sea 和 see，像 be 和 bee 等，也只有三两个字的重复而已。第二，美国的现代诗固然不好懂，但口语化的程度，以及节奏上的透明，似乎仍较台湾地区的现代诗宜于作听觉上的沟通。英文诗中的语言，虽历经华兹华斯、勃朗宁、霍普金斯、哈代、艾略特和意象派诸人的改革，似乎一直能保持一股活的传统。中国诗中的语言，“五四”以后呈现了一种剧变，以致今日现代诗的语言和唐宋诗的语言，相去不可以道里计。我觉得，叶芝的节奏，在宏富和流畅方面，去莎士比亚并不太远。而方莘和鲍照之间，则好像怎么样也连贯不起来。我曾将近作“凡有翅的”译成英文，夏菁看后，认为在语言上，英译比中文原文还好，读起来比较顺畅自然，且更响亮。之后在朗诵会上两者并诵，也有人与夏菁同感。我不敢说，这是不是因为我们的白话尚未充分成熟，或至少不及英语成熟。不过，我们的现代诗人还不很愿意，或尚不太敢于面对“听众”，因为他们对这件事没有把握，则是不争的事实。

可是“听众”的挑战，是永远在那里等着现代诗人的。不接受这项挑战且将听众赢到现代诗这边来，现代诗将命定只有少数读者，让诗在纸上冷掉。小说的读者一向多于诗。其他的艺术，如绘画、雕塑、音乐、舞蹈、戏剧、电影，莫不当场当时争取并征服活的听众或观众。只有诗，只有现代诗似乎仍然安于在印刷品上与一些零零星星的面目模糊的“读者”寂寂相对。也就是说，仍然安于做一个哑了的缪斯。

对于这种现象，辩护人自然可以提出了许多借口：例如，诗具有永恒性和普遍性，所以诗的欣赏不必局限于某一特定的时空；例如，诗是可以反复吟咏、细细玩味的，所以宜于个别的读者自己欣赏；例如，具有深度的诗，静静默读，比千百人前的诵朗，更能曲折体会，而潜入作者思想的底层；例如，某些抒情诗，只合读者低吟，不宜诵者高呼。

这些都是可以成立的理由。我也承认，某些作品，或以思想的深度见长，或以“印刷术的地形”取胜，在本质上或不太适合吟诵。但是在原则上，没有诗，没有一首好诗，是不能拿来吟诵，或者虽吟诵也令人无法当场（或多或少地）接受的。如果真有这种现象，现代诗人们似乎应该坐下来好好地反省一下了。我也不否认，在大众的场合，一首“野”的诗比一首“驯”的诗，更容易攫住听众的注意，而一首谐趣洋溢的诗比一首严肃的诗，或更受欢迎。但是作者吟诵的艺术，加上他的个性和名望，都能形成震撼听众的力量。据我的观察，周梦蝶对听众的吸引力，绝不在管管之下。我们知道，听众的组成分子，也是形形色色的。

曾因晦涩与偏窄而几乎失去读者的现代诗，不但应该向小说，向其他艺术争回它的读者，且应培养它自己应该拥有的一群活听众。和活听众不断地接触下，活生生的反应可能使现代诗人在人性的镜子中照见自己，也可能使现代诗人想到读者不会使他想到的种种问题。诗人们实在应该有勇气面对这种考验。

如果我们以为，现代诗必然是滞销的，那就错误了。在美国，金斯伯格的诗集《怒号》，十年之内，已经销到十六版。费林盖蒂也极受大学生的欢迎；他的《心灵的科尼岛》也已经在短短的八年里印了十四版，销数超过了二十万册。他的另一本诗集《从旧金山出发》，在书背里页，还附了一张自诵作品的录音片。诗人自诵作品的录音片，每张六元，在美国也销售得很多。这类唱片，有专集，有选集，也有由名演员或名学者来朗诵的，例如理查德·伯顿便录过哈代的诗。据说狄兰·托马斯和佛洛斯特的唱片销数，都上了六位数。这种唱片，不但予听众以如闻其人的亲切感，更让他们从诗人的自诵中领会那些作品真正的意义。想想看，如果莎士比亚在四百年前曾经将他朗诵十四行的声音录下来了，该多令人兴奋，多便利莎学的研究！

而我们，不到半个世纪，梁启超的声音已经听不见了。王国维的声音听不见了。近如胡适和傅斯年，一张唱片也没有留下来。诗人的声音，徐志摩的、闻一多的，也已随时间消逝尽了。但在西方，现代一流作家的声音，将永传后世，不但令后人如聆其声，千百年后，更成为文学史、语言学、声韵学等的宝贵资料。在美国，成名的诗人，不但有诵诗的唱片流行于市场，更应邀将自己的吟诵制成录音带，保存在国会图书馆中。这充分地显示出，美国对自己的现代文学资料，如何珍视，且努力保存。

希望我们的图书馆，以及文化界有关的人士，能及时注意这一点。希望我们能及时录下当代学者的古典诗的吟诵，以及当代重要诗人及作家们的自诵，为了诗，为了文学的研究与延续。一个民族，岂能让自己的缪斯哑掉？

从经验到文字

——略述诗的综合性

从公元前一世纪直到二十世纪，诗人们不断尝试为诗下一个完美的定义。但无论如何尝试，那定义总似乎不够完美。此地我非但无意做完美定义的尝试，甚至也不想涉及定义。这件事，交给美学家或批评家去处理。现在，我只想从某种角度，对诗的创作过程，作一个解释。我认为：诗是以最经济最有效的文字，将主观的经验客观化的一种艺术。

此地所谓“主观的经验”，是指未经分析与表现的、原封不动的纯个人的经验。要让别人（读者）分享这种经验而且在分享时还要感到真实无憾，恍若身受（即所谓美），就必须将它作有效的客观化、具体化，使之凝定持久；这样，不但时人，即使是后人，也可分享。“桃花潭水深千尺，不及汪伦送我情。”我们从未去过桃花潭，也不是十二个世纪以前的李白，但是我们能够“分享”李白的经验，因为李白个人的经验，借文字的表现，已经凝定为超越时空的，客观化了的、普遍的经验了。诗人写诗，是将主观的经验变形为客观的文字。读者看诗，则反过来，将客观的文字“还原”为主观的经验。但是，由于每位读者的背景、修养、心境都不同。还原后的所谓“主观的经验”，已经分不出有多少是属于原作者，多少是属于读者的了。

不过，经验和文字，就诗而言，都是综合体。我说经验，因为诗人在创作时所深切感受而要加以表现的那种东西，既非纯粹的感情，也非抽象的思想，更非孤绝的官能感觉，而是这三者在不同比例下的交融。例如贺知章七绝“少小离家老大回”一首，如果强为分析，则“久客回乡”属于思，“怅”与“怯”属于情，而一些可以捉摸的东西，例如无改的“乡音”，已衰的“鬓毛”，儿童的“笑”等，则已属于感官的范围了。

然而这一切在诗中都交融在一起，成为一个综合的经验，而不容分割。虽然不容分割，但不同的诗人往往强调其中某一成分，而形成某种风格。例如十八世纪的诗人，便强调“知”的一面，而十九世纪的诗人则强调“情”。分别古典与浪漫，这是因素之一。某些所谓颓废诗人，例如在作品中屡言脾脏（spleen）如何如何的道孙，则似乎过分耽于官能经验。由于古典每每流于说理，浪漫每每流于纵情，想要避免这些偏向的意象派诗人，遂主张在笼统的情、理之外，仅仅处理官能经验范围以内的事物。所谓“客观主义”（objectivism）的大师威廉斯，也抱持相似的见解。艾略特认为，一个诗人，仅仅处理“心”是不够的，他尚需省视自己的大脑皮层，神经系统和消化神经纤维束。这倒令我想起，中国人情感的中枢似乎并不限于“心”。中国古典文学之中，不但有“伤心人”，抑且有“断肠人”，古诗更有“肠中车轮转”之说。

凡成熟而优秀的作品，其经验之各种成分，必然交融无间，呈现高度之综合。在失败的作品里，我们往往发现这些成分呈现反常的比例。事实上，一篇作品中所表现的经验，分裂得让读者可以指认，何为理念何为情感的时候，必是失败之作无疑。例如许多哲理诗，往往有理无趣，既不能激起情感的共鸣，也不能予读者以真实感。许多宣传八股，始于概念亦终于概念，也属于这一类。此外如伤感主义的一任情绪泛滥，竟而淹没了思想甚或具象而精确的官能经验，以及意象主义的仅仅诉诸官能而不能令人动心或思索，都是有失综合之道。真正伟大的诗，必须诉诸读者的全生命（the whole being）：官能，情感，思想，灵魂。论者谓约翰·多恩能“感觉一个意念”（feel a thought）。同样地，读杜甫的诗，我们所“经验”到的生命，就比读一篇汉赋，或是读一首邵雍的诗时，繁复得多了。

经验之综合性，略如上述。使经验客观化的文字，也是综合的。文字的综合性具有三种成分：就是形、声、义。此地所说的“形”，不是指字的形状，而是指文字所形成的意象，及意象所组成的意境。意象是片面的，显得鲜活而突出，意境是整体的，弥漫于全诗之中，也可以说，意象是表，意境是里。例如杜甫《秋兴》之七，意象非常鲜活。曰月虚机丝，曰风动鳞甲，曰菰米沉云而黑，曰莲房坠粉而红，曰鸟道之阻关塞，曰渔翁之流江湖，都是很美的意象；但这些意象交相反射的结果，形成了一种弥漫全诗的，极柔和极清丽极高雅的意境。

新古典主义的诗宗蒲柏曾谓：“声之于义，当如回音。”（The sound must seem an echo to the sense.）蒲柏这句话说得很微妙。他的意思是说，如果把义当声，则原来的声（节奏、韵律）应该配合得天衣无缝，宛如回音。内行人想必明白，一首诗的意象和节奏，也就是说，一首诗的可视性和可听性，一首诗的空间面和时间面，都必在它的意义下配合无憾。说得更武断更深刻些，所谓意象和节奏，应该视为一首诗的第二义。我们甚至于可说，离开意象和节奏而谈意义，是不可能的。因为在那种情形下，所谓意义，仅是一种抽象的概念，而不是一种经验。我们说意象和节奏是第二义，因为两者可以不落言诠地暗示，甚或取代第一义。除了追求对照的效果外，我们不能想象，怎样用华丽的意象去组成一首朴素的诗，或是用铿锵的节奏去唤起悠远之感。

意象是诗的绘画性，节奏是诗的音乐性，因此，以形式而言，诗也是一种综合的艺术。形与声不但要配合义，如响斯应，如影随形，成第二义，同时形与声之间也得交融成一片，成为经验客观化的存在。不过，这种交融是一种很微妙的艺术，即使高手，也往往对之束手。于是有人强调绘画性，趋向所谓图画诗，用中国的方块字搭积木游戏。有人追逐意象之铺张，作超现实主义之梦游，而困入意象之神牛迷宫（labyrinth）。其结果，往往严重地妨碍了节奏的延续性，令人不能卒读。另一方面，象征派诗人为了节奏之美，用字遣词，往往舍义而从音，且谓诗有意义是诗的不幸。法国神父白瑞蒙更创“纯诗”之说，一任音律甫没意义，沦诗为悦耳的七宝楼台。

但是，我们不应该忘记，诗人的工具是文字，不是画笔或提琴。诗有绘画性，但诗不是图画；诗有音乐性，但诗不是音乐。诗的意象美和节奏美要依赖意象，节奏与意义之间的关系；也就是说，如此如此的意象，必须配合如此如此的意义，才算贴切，也才算美。节奏与意义之间的关系亦然。我们有抽象画，也有纯粹音乐，但是不可能有放逐意义的纯粹诗。因为诗是一种高度综合的艺术；诗是主观经验到客观形式的一个过渡，主观的经验是思想、情感、官能经验的综合，客观的形式是意象和节奏的综合，这两种综合复以文字为媒介而合为一体，因为文字一方面具有意义，另一方面又兼有绘画性和音乐性。我可以武断地说，愈是伟大的诗，其综合的程度也愈高。

现代诗的名与实

上

从十三年前，几个重要诗社的成立到现在，现代诗在台湾的发展，已经有一段不算太短的历史了。就目前的情形看来，除了少数的例外，现代诗人们似乎已面临一个过渡时期：旧的局面已成过去，新的局面犹待展开。死亡、到异乡、丧失信心、进入中年，以及其他原因，已经使许多第一代的诗人告别了诗。另一方面，第二代的诗人之中，似乎还很少有人能够免于模仿，而臻于成熟。一九六七年的创作的水位标，实在不能算高。诗社和诗刊都不能算少，诗的活动不能算不频，但是似乎缺少一股活力，不能形成一种潮流。在这种过渡时期，我想就现代诗的名与实，提出一些问题来，略加研讨，或有助于旁观者的了解和当局者的自省。

“五四”初期，新诗往往称为“白话诗”或“语体诗”。直到现在，仍然有一些人士习用这种称呼。事实上，这种称呼是不很适当的。不错，根据文学史的经验，一种新文学创始，必然向活生生的口语去汲取生命，从但丁到华兹华斯到艾略特，都是如此。但是，原封不动的口语，只是诗的语言的原料，而非成品；必须诗人的加工提炼，才能变成至精至纯的诗的语言。另一方面，纯口语的用字、遣词与句法，比较单调、浅显而狭窄。适度地加入文言和欧化的词句或语气，可以大大增进节奏的弹性和变化。分析目前一些较为成熟的现代诗，当能获致这种结论。“五四”初期的新诗，在文字上每每浅显、单调，而无余味，便是因为胡适、冰心等作者过分迷信白话万能。林语堂先生似乎也有这种迷信。他认为徐志摩的长处便在运用纯粹的口语，他更举例说徐志摩在诗中经常用“念头”代替“思想”。其实，“念头”与“思想”并不相等，也无法代替。例如“先秦思想史”，怎能用“先秦念头史”来代替呢？徐志摩的长处，像他在“你有你的，我有我的方向”中所表现的，毋宁是部分的欧化。后来，有象征倾向的李金发等，更在欧化之外，融入文言的成分。这种以白话为主、以欧化文言为辅的三合土，对台湾现代诗的影响颇深。目前一般“老式的新文学信徒”，习于胡适式的纯白话诗，便幻想现代诗“不能卒读”了。

当然，我绝对无意鼓励青年作者，在未能驾驭文字之前，便去做“文白夹杂”的涂鸦游戏。回忆十年前诗刊上的“乃有”“我遂”的句法，令人哑然失笑。因此我想到另一个不幸的名词，那便是：“自由诗”。所谓“自由诗”，原是惠特曼创始，并经意象派诗人们鼓吹的一种“没有诗体的诗体”。细加分析，便不难发现，所谓“自由诗”的特质，都是消极的：不要韵，不要音律，不必讲究行与节的多寡与长短。它只是把“格律诗”全拆散了，正如毕加索和布拉克把“印象主义”拆散成“分析的立体主义”一样，而正如“分析的立体主义”只是一个过渡一样，“自由诗”也只是“格律诗”到“现代诗”的一个过渡。没有一个成熟的诗人能够长久安于这种消极的诗体的。“艺术之中没有自由。”一个诗人必须在消极的“不要这样，不要那样”之外，做一些积极的形式上的建树。也就是说，他在解除了前人的形式之后，必须自己创造出一种新形式来，让自己，至少让自己去遵循。当他写下第一行时，便已伏下了第二行第三行甚至最后一行的各种因素。一位诗人有自由不遵守前人的任何形式，但是，如果他不能自创形式并完美地遵循它，那他便失败了。以无易有，是不可能的。因此，严格地说来，所谓“自由诗”，并不自由，也不容易，因为创造一种新形式来让自己遵守，比仅仅遵守前人已有的形式，是困难得多了。也因此，许多人把“自由诗”当作“形式的租界”，逃到那里面去写一些既无节奏又无结构的东西，是注定了要失败的。

“新诗”是一个最普遍的名词了。在二分法的原则下，凡不是“旧诗”的诗创作，似乎都成了所谓的“新诗”。“五四”早期的诗，甚至今日报刊上常见的诗，实在只应该叫作“白话诗”，因为那只是浅显化的口语化的“旧诗”。也有人（包括现代诗作者自己）把目前的“现代诗”叫作“新诗”。所以“新诗”这个名词实在内容驳杂、定义含糊，而且，照目前的情形看来，恐怕还要继续含糊一个时期。

这就牵涉到所谓“旧诗”一词了。目前，几乎所有的人，甚至包括大学的中文教授及“旧诗人”本身，把“五四”以前的诗，一律谥为“旧诗”。这是非常不当的。例如李白的诗，飘然不群，距离我们虽已十二个世纪，仍像刚从树上摘下来时那么饱满、新鲜。有一次，我从美国去加拿大的蒙特利奥城，拜访相识已有二十年的一位中国朋友。小聚三日，我从蒙城再开车回美国去。临别的时候，他站在异乡的街头，孤零零的一个人，向我遥遥挥手，自然而然，我吟起“浮云游子意，落日故人情”。这些诗句，虽已有一千两百岁了，仍新得令人感极涕下。以李白之万古常新，而谓之“旧诗”，是一种错误，不，是一种罪过。

因此，我建议学者和作家，将李白那千古不朽的杰作，改称“古典诗”，而将“旧诗”一词，保留给“五四”以后仍然有人在写的律绝与词曲之类。西洋各国文学，大半称前代杰作为“古典”，从无“旧诗”一词。英国文学史上，固然也有所谓old english和old english poetry，但那是“古文”“古诗”之意。英文“old”一词，可训“古”“老”“旧”诸义；而中文“旧”一字，似乎只有贬义。至于“古典”（classic）一词，则无分中外，不但在时间上，有陈年佳酿之意，抑且在评价上，有万选青钱之誉；应该是更为恰当的。

最后，便要考虑“现代诗”的正名了。“现代诗”一词，除了大陆时期的历史渊源而外，在台湾也已沿用了十几年了。近年有人要取消这个名词。我以为没有必要。姑不论一名既立，不可能像换街名一样，说换就换。即以“现代诗”在台湾这十几年的发展而言，作家辈出，解释互异，无论在创作上或理论上，“现代诗”的含义早已历经变迁，屡加修正，成为更丰富，更有弹性，而且（最最重要的是）更中国化的一种新艺术，不完全是当初所鼓吹的，所谓自波德莱尔以降的“横的移植”了。举一个例，像郑愁予、周梦蝶、叶珊、夐虹、张健等诗人的作品，无论如何分析，恐怕“纵的继承”的成分还是多于“横的移植”，而且，横摆竖摆，恐怕都摆不进所谓“拥抱工业文明如拥抱妓女”的现代主义里去。

当代的任何诗人，都有权利，将他自己所经验的生命、所认识的世界，用他自己认为最持久最有效的方式，去表现出来。如果他看见的，不是饮苦艾酒或高粱酒的面目模糊的个人，如果他爱的，不是太妹或妓女，如果在生存的空间里他看见的不是机器横行的都市，如果他内心所感受的，是生之喜悦和活力，而不是“对于社会及其一切组织采取一种敌对的态度”，那么任何人，即使是蓝波加上阿波里奈尔加上斯彭德，也没有权利要求他用别人的方式去表现别人所经验的世界。

上述郑愁予等几位诗人的作品，若不名之为“现代诗”，恐怕也就无以名之了。我一向主张“现代诗”分狭、广二义。狭义的“现代诗”应该遵循所谓现代主义的原则：以存在主义为内涵，以超现实主义为手法，复以现代的各种现象，例如机器、精神病、妓女等为意象的焦点。广义的“现代诗”则不拘于这些条件。在精神上，它不必强调个人的孤绝感和生命的毫无意义；在表现方式上，它不必采纳超现实主义的切断联想和扬弃理性，因为那是不可能的，更因为，表现上的清晰不等于浅显；在意象上，它甚至可以快乐地忘记工业社会的种种，而自己去寻找一组象征。一句话，广义的“现代诗”可以免于狭义的“现代诗”的种种姿态。

我无意在此非难所谓现代主义的信徒。笃信现代主义而且将那种经验真实并完美地表现为诗的作者，是值得我们尊敬的。但并非每位诗人都有那种经验和表达那种经验的能力，于是不少作者，为求速成，为求短期之间能领到现代诗人的身份证，乃舍本逐末，做出一种孤绝而痛苦的姿态，或者语无伦次的腔调。在另一方面，广义的“现代诗”也未能免于模仿之灾。用钝了水手刀之后，便争相去采莲，而将新古典主义污染成假古典主义。曾经，我拟称从《梦土上》到《莲的联想》的一类诗为“现代词”。不过巧立名目是没有多大益处的。我仍然希望，有一天，这些名词都变成历史的陈迹，大家只说诗而不说“新诗”，那时，“旧诗”完全没人写了，而“古典诗”也不再坚持与“现代诗”脱离父子关系了。

下

说过“现代诗”之名，我想再就“现代诗”之实，提出两个重要的问题，略加论述。现代诗的实质，当然不止这几个问题；这几个问题，也不是这篇短文所能解决。现在我将它们提出来，是因为在目前，它们最令作者及读者感到困扰。而我之所以讨论这些问题，也有一半是要稍稍整理自己的思想。像我的其他批评文字一样，这篇短文只是一个诗人自己的工作手册或备忘录，并无为人立论之意。

首先，我要谈谈所谓“主知”的问题。“主知”原是古典主义的精神之一。批评大师艾略特以为欧洲文学，在文艺复兴时期，并无感性（sensibility）之分裂。他认为十七世纪诗人约翰·多恩的作品里，机智（wit）和激情（passion）是融合在一起的。但是到了十八世纪，诗人抑激情而扬理性；十九世纪的诗人则反过来，抑知而纵情。于是作者的感性便分裂而不得调和。在二十世纪初的反浪漫运动之中，艾略特和其他作家遂自然而然提出“主知”，以纠正浪漫主义的“纵情”，因为浪漫主义的末流往往沦为“感伤主义”。所谓“主知”，应该是指作者之着重观察与思考，而不仅仅（像偏激的浪漫主义者那样）凭借感情与想象。古典大师的批评家安诺德，便指责浪漫诗人“所知太少”。艾略特甚至把自己的第一卷诗集叫作《普鲁夫洛克及其他观察》。观察所以辨认，思考所以了解；有了这样的条件，一个作家才能知世而且自知。

但是任何运动都可能产生矫枉过正的后果，为首倡者始料不及。主知的古典，重情的浪漫，原是“艺术人格”的两大倾向。抑知纵情，固然导致感伤。过分压抑情感，也会导致枯涩与呆板，终至了无生趣。我们只要看看，在诗的类别之中，着重观察的“摹状诗”（descriptive poetry）多属下品，着重思考的“哲理诗”（philosophical poetry）属于少数，且每每无趣，“抒情诗”不但是最大的部门，而且杰作最多；便不难窥认其间真相。在英美，过分主知的结果，已经使一般作者不必要地压抑自己抒情的本能，落笔便作未老先衰，未行动先嗫嚅之状。浪漫的诗可以说是青年人写给青年人看的诗。某些现代诗，则成为青年人写的中年诗甚或老年诗；一时诗坛上尽是普鲁夫洛克的影子。

然而抒情的需要是无法否定的。即连有些喊出“主知”口号来的诗人，也无法不在自己的作品中抒情。有的非但一任情绪泛滥，而且似乎置个性于艺术之上。这种情形，去艾略特的“无我说”远矣。艾略特的诗中，几乎不愿让单数的第一人称露面。所以等到年轻而激情的狄兰·托马斯一出现，且大声地说出“我”来时，读者们便如释重负，感到一种本能的解放，而热烈地欢呼起来。抒情，而不流于纵情，不流于涕泗滂沱，应该是任何诗人，尤其是青年诗人的基本权利。

其次，我要谈一谈“价值”的问题。西方文化，自从工业革命和进化论以来，机器代替了上帝，都市抹杀了个人，农业社会的价值观念和宗教的信仰，便面临崩溃了。维多利亚时代的作家，如丁尼生和狄更斯，还可以将希望寄托在社会的进步和繁荣；后期的吉普林和威尔斯，面对大英帝国和科学，也还能够保持十九世纪的乐观。第一次世界大战之后，世人对科学文明也幻灭了。弗洛伊德的心理学，更令人对理性发生怀疑。艾略特的《荒原》《小老头》《空洞的人》，反映了西方人心灵的空虚和一切价值的崩溃。于是庞德要回到历史和古典，叶芝要自创神话，去发掘诗的主题。三十年代的奥登和斯彭德，更对于周围的工业社会，剧烈地抨击，而有所谓“左”倾的文学。

我个人对于孔子的某方面思想甚有敬意，但是我并非儒家的信徒。尽管如此，我不能否认，儒家思想是中国文化的核心。儒家思想建基于人文主义和农业社会的价值观念，并无太多宗教的精神。因此，现代中国知识分子所面临的价值混乱问题，似乎与西方文化界所面临者不尽相同。然则，以一个现代中国人，处于中国式的内忧外患，面对中国式的价值混乱，竟去耘人之田，“为西人担忧”，为另一种文化价值的崩溃而精神失常；这样做法，是否适当，其后果，是否有将中国现代文学附丽于西方现代文学之嫌，值得诗人们考虑。

同时，无论时代多么混乱、痛苦，一个人如果要活下去，仍然需要价值和意义。至于那是怎样的价值和意义，似乎倒是次要的问题。叶珊曾说，没有一个大诗人是颓废的。此点我完全同意。反过来说，凡大诗人，必抱持某种价值观念。就我所知，现代诗的大师们，如里尔克，如瓦雷里，如叶芝，如艾略特，如佛洛斯特，如肯明斯、格雷夫斯、奥登和狄兰·托马斯，没有一个不是肯定生之意义的。紧接在第一次世界大战后发表《荒原》的艾略特，在第二次世界大战之中，却思考时间与永恒的关系，并追求一种持久的价值，而写下了《四个四重奏》的后半部。

混乱属于时代，但信仰属于个人。如果你相信有神，神便为你而存在。这是可以纯由个人决定的事情。“我不一定认为人是有意义的，我尤其不敢说我已经把握住人的意义，但是我坚信，寻找这种意义，正是许多作品最严肃的主题。”六年前自己说过的这句话，现在，我仍深信不疑。

梁翁传莎翁

梁实秋先生译述的《莎士比亚戏剧全集》，已于近日大功告成，并由远东图书公司精印出版，这真是中国文学界的一件大事。我说这不但是中国文学界的大事，更是中国新文学史上的一大创举，因为“五四”以来，西洋作家的译述，何止数千百家，但译述一位大作家而能竟其全集者，梁实秋先生还是第一人。除去译述莎翁所需的修养与学识而外，仅仅这种超绝常人的毅力，这种有始有终的精神，已经值得文学界的敬佩，进而盛大庆祝了。

莎士比亚是英国最伟大的戏剧家和诗人。三百多年来，他这种君临英国文学史的崇高地位，一直固若磐石、撼之不摇。从班江生到安诺德，哪一位大师面对莎士比亚，不是碑其口而香其心？二十世纪诗宗艾略特更说："但丁与莎士比亚平分秋色，不作第三人想。"这种情形，似乎并不存在于对岸的法国文学。我们似乎颇难指出，谁是君临法国文学的巨匠。拉辛乎？莫里哀乎？雨果乎？巴尔扎克乎？福楼拜乎？波德莱尔乎？抑瓦雷里乎？似乎迄无公论、定论。

像这样伟大的一位作家，数百年来，竟一直笼罩在神秘的氤氲之中。于是"疑莎论"者，代不乏人，或创"莎翁即培根"之说，或骋"莎翁即马洛"之想。这些可笑的臆度，不待"外证"的推翻，即从文字风格本身的差异，也可以显示其无稽。诗人兼传记家昆内尔（Peter Quennell）在一九六三年出版的《莎士比亚传》，应该可以廓清"疑莎论"的种种。

莎士比亚创作力的宏富，是罕见的。我们常听说，与他同时的西班牙戏剧大家洛佩·德·维加（Lope de Vega）如何创造了两千种以上的剧本。这真是骇人听闻的事。即以维加之才与寿（他活了足足七十三岁），要月撰数剧，要每剧必佳，实在也不可能。莎士比亚的戏剧，比起维加来，固然不算多产，但比起许多英国的戏剧家，如班江生和康格利夫等，却是产量惊人的。三十七部戏剧，前后创作的时间，不过二十年左右，平均几乎每年两部。不但如此，这些作品的性质也是极为繁复的。大戏剧家如班江生者，往往擅长喜剧而拙于悲剧，如拉辛者，又偏于悲剧而不及喜剧，如莎士比亚之诸体具工者，更是少而又少。

梁翁传莎翁。莎士比亚只写了二十年，梁实秋先生却译了三十六年。不过我们不要忘了，莎翁是连续地写，在太平盛世的伦敦连续地写，而梁翁是时作时辍地译，在多难的中国时作时辍地译，从第二次世界大战之前译到第二次世界大战之后，从严寒的北国译到溽暑的南海，且把昔之“秋郎”译成了今之梁翁。据说，最先建议并鼓励梁实秋先生译述莎士比亚全集的，是胡适之先生。胡先生已经作古，于莎为近，于梁为远，但如果他地下有知，亦必欣然。梁先生治莎学，当已不止三十六年。以他的才情，以他的中英文修养，以他对英国文学的广泛认识，加上他对译事的认真态度，来从事莎士比亚的译述，可说是再理想不过的了。现在全集三十七种已经出版，封面的古典大方、内文的清晰悦目，以及校对的精细等，可以说无所愧于莎翁。至于译文本身，对于信、达、雅三者，都能兼顾。我曾就《哈姆雷特》和《罗密欧与朱丽叶》二剧的梁译与原文，作对照的阅读，而对译者的苦心，对译者把伊丽莎白朝的英语嫁给一九六七年的中文的一番苦心经营，感到异常钦佩。大致上，我浅尝后的一点印象是：由于梁先生“知彼”之深，似乎有时候梁译宁可舍雅而就信。信、雅难以等量兼顾之时，应屈信以全雅乎，抑或屈雅以从信？这是翻译原则上的一大难题。古往今来，这问题不知难倒了多少翻译大家。十八世纪大诗人蒲柏英译荷马史诗，而以当时最流行的“英雄式偶句”出之。当时的英国人读得非常过瘾，但是希腊文学专家班特利说：“诗是很漂亮，不过你不能把它摆在荷马的名下。”班特利的意思是说，蒲柏译文，雅则雅矣，信则未恤。近读林语堂先生所译《葬花词》，发现林先生颇有“屈信以全雅”的倾向，以致英译虽然韵律铿锵、流畅可诵，唯与原意则大有出入。我们同样可以套用班特利的话说：“诗是很流畅，不过你总不好意思把它摆在曹霑的名下吧。”

汉诗英译之初，西方的汉学家如翟理斯者，类皆采用英诗的韵律，念起来果然朗朗上口。唯晚近的汉学家，如译《楚辞》的霍克思（David Hawkes）和译“晚唐诗”的葛瑞汉（A. C. Graham），都毅然抛去英诗韵律，几乎唯信是从，结果他们的翻译，我认为，皆认真而踏实，不难令西方读者从而揣摩原作用字遣词的惯性，“无论哪一国文字，都不是为了翻译而存在的。”早在三十多年前，梁先生自己就已经指出这一点来了。但是，当我说梁译有时宁可“舍雅而就信”时，我并无意要给读者以梁译“不雅”的印象，我的意思只是说它“舍雅”，而这种“舍雅”的做法是以“就信”为原则的。没有人比梁先生自己更恨“硬译”的了。就是因为恨它，他才和硬译的鲁迅和效颦鲁迅的“左派”译者们发生论战。也真奇怪，像鲁迅那样流畅的一支笔，一旦面临西洋文字，不知道何以就会变得那样别扭，结果是既失之于雅，又失之于达，而在不雅不达的窘境之中，信又将焉附？今日某些年事较长的作者，摇笔行文之际，似犹不免“从事着的工作”“作为一个女性作家的曼殊菲儿”“仍被一世纪前的印象主义画家群所深深地影响着”等的“非中文”。这些欧腔洋调，恐怕都是那种硬译体的余泽。

梁实秋先生的翻译，初不限于莎士比亚。即使从未译过莎士比亚，梁先生仍可称翻译名家。据我所知，除戏剧外，他译过的作品尚包括《阿伯拉与哀绿绮思的情书》《呼啸山庄》《织工马南传》《吉尔菲先生的情史》《彼得潘》《沉思录》《百兽图》等多种。其中最不为人知的《百兽图》(*Animal Farm*)，是英国小说家兼批评家奥威尔（George Orwell）一九四五年的作品。《百兽图》不叫主义，不喊口号，表面上毫不“战斗”，也绝无“史魔”“黑酋”之类的字样，然而透过鲜活的寓言形式，专制者如何愚民、欺民、虐民的种种手段，莫不跃然纸上。这样子的作品，才能自拔于宣传，而称为“艺术”。这样子的作品，不但在此时此地，即千百年后，也将侪于《格列佛游记》之列，而仍为人性永恒的反映。

就像这样，四十年来梁实秋先生一直默默地在做一些很重要的文学工作。我们今日对梁先生如此尊敬，不仅因为他是一位翻译家，更因为他是一位散文家，一位具有坚定信仰和独立思想的批评家。“梁实秋”这三个字和翻译是不可分的。他主持过台湾编译馆，也主持过协志工业振兴社的名著译丛；他译过戏剧，也译过小说、散文和诗。《莎士比亚戏剧全集》的出版，更提高了他在这方面的地位。散文方面，他的文字兼文言白话之长，能俗能雅，他的境界在晚明小品与英国文学中从兰姆到比尔博姆（Max Beerbohm）的散文传统之间，亲切、机智，而饶有谐趣。我自己的散文不朝这个方向发展，但是我相信这是散文一个广阔的方向，惜乎传人渐少，而某些效颦的作家似乎昧于“诙谐”与“滑稽”之别，“讽喻”与“尖刻”之分，逐俗逞凶，每堕恶趣，终不能自拔。

可是，这许多梁实秋之中，对于中国新文学最具重大意义的，是批评家梁实秋。三十年前，梁先生撰写的文学批评，重刊于台湾的，有纳入文星丛刊的《浪漫的与古典的》与《偏见集》两种。来台后，较重要的批评文集尚有同一丛刊的《文学因缘》。从这几本书看来，我认为作者是“五四”以来，自由主义的少数真正批评家之一。正因为如此，他注定了要反对以文学为政治工具的“左派”文人等，身受英美式自由教育并信奉儒家温柔敦厚之旨的梁实秋，如果当时面临的是纳粹或法西斯，照样也会成为一个反对的声音。

在三十年代的中国，面对“左派”文人压倒性的优势，梁实秋先生敢以一支独立的笔，向那些“穿制服的作家”挑战并且应战，是值得我们钦佩的。在浪漫主义的末流（所谓“革命文学”，所谓“普罗文学”，实质上也只是一种伤感文学）泛滥之际，梁实秋独举古典精神，再三强调安诺德所标示的“沉静地观察人生，并观察人生的整体”。在口语的乡土文学流行之际，梁实秋指出口语并不等于文学。在“左派”文人高呼“阶级性”第一的时候，梁实秋指出“阶级性”的偏窄与“人性”的普遍。在“左派”文人高呼文学进化论时，梁实秋却宣扬“文学的永久性”，认为绥拉菲摩维支的短暂终不能掩盖弥尔顿的永恒。在“左派”文人叫嚣文学大众化的时候，梁实秋独忧粗俗的大众化只有降低文学而不能提高大众。他说：“雅俗共赏的文学，当然是可能的。例如《水浒传》之类的小说，便是个标样，可是坐在大鼓场中听水浒，与坐在书室里批点水浒，其兴味是不一致的。雅俗可以共赏，所赏者未必是一回事。”

十几年来，梁先生赴美讲学的机会是多而又多的，可是他的选择一直是这个岛屿，他的选择是留在这里，从事教育与译著。十几年来，他一直相信弥尔顿的一句话：“当同胞们为自由而战的时候，一个人竟为了享乐而漫游海外，我认为是一件可耻的事情。”这种风骨，和某些人相比之下，简直是判若云泥了。这样子的一位学者、散文家、批评家，而完成了如此庞大的《莎士比亚戏剧全集》的译述工作，应该是中国文学界加倍庆祝的原因。中国的文学界，不仅向翻译家梁实秋，更向学者、散文家，尤其是批评家的梁实秋致敬。

中国古典诗的句法

1

中国的古典文学，是世界上最古老也是最年轻的文学之一：最古老，是因为我们的《诗经》比荷马的史诗为时更早；最年轻，是因为中国的文字弹性极大，文法变迁极小，因而一千年前甚或两千年前的一首诗，往往能以原文诉诸今日的读者。李白的《下江陵》，十二个世纪后诵之，仍似刚刚酦醅出来的那样新鲜。真的，中国古典文学的“文字障”远不如西洋文学的那样严重。和英国文学相比之下，中国文学对于一位现代读者的“可读性”毕竟大得多了。英国文学史的长度大约相当于中国文学史的三分之一，可是六百年前的乔叟已然古色斑斓，不易卒读了。我们读元末明初的诗，可说毫无困难。连三百多年前莎士比亚的作品，也不是一般英美学生容易了解的，所以诗人佛洛斯特曾经半带戏谑地说：“要教莎士比亚吗？那不难——也不容易，你得把莎士比亚的原文翻译成英文。”

中国古典文学所以能如此“寿而不耄”，大半得归功于中国文字的特性。中国文法的弹性和韧性是独特的。主词往往可以省略，例如“却下水精帘，玲珑望秋月”。甚至动词也可以不要，例如“雨中黄叶树，灯下白头人”。在西洋文法上不可或缺的冠词、前置词、代名词、连系词等，往往都可以付诸阙如。例如“吾爱孟夫子，风流天下闻”两句，如果是英文，恐怕中间就免不了要加一个关系代名词；而“谁爱风流高格调，共怜时世俭梳妆”两句，也显然缺少了两个所有格代名词。中国文字，又往往一字数用，极经济之能事。例如一个“喜”字，至少就可以派四种用场，当作动词、名词、形容词和副词。加上名词不标单复数（“临风听暮蝉”，是一蝉还是数蝉？），动词不标今昔（几乎一切动词皆是眼前事，但释为追忆往事亦无不可），省去的主词不标人称（“银筝夜久殷勤弄，心怯空房不忍归”，究竟是王维写“她”呢，还是女孩子述“我”？），乃使中国古典诗在文法上和意义上获致最大的弹性与可能性。

此类的问题，在专研中国古典诗本身的时候，可能反而不受注意，但是，在比较文学及翻译的研究之中，就无可忽略了。一位富有经验的译者，于汉诗英译的过程之中，除了要努力传译原作的精神之外，还要决定，在译文里面，主词应属第几人称，动词应属何种时态，哪一个名词应该是单数，哪一个应该是复数等。这些看来像细节的问题，事实上严重地影响一首诗的意境，如果译者的选择不当，他的译文再好，也将难以弥补了解上的缺失。例如李益的《江南曲》："嫁得瞿塘贾，朝朝误妾期。早知潮有信，嫁与弄潮儿。"诗中主词，一目了然，应该是第一人称的"我"。但是遇到像李白的《玉阶怨》："玉阶生白露，夜久侵罗袜。却下水精帘，玲珑望秋月"一类的诗，我们就颇费踌躇了。如果译文用第一人称的I，则诗的主题直逼眉睫，我们不仅同情那美人，我们简直就是那美人自己了。如果译文用第三人称 she，则诗的主题就推远了，我们遂从合一（identification）退为同情（sympathy），也就是说，从参加（participation）退为旁观（observation）。

由此可见，仅仅是人称的不同，就决定了读者与一首诗之间的距离和他对那首诗的态度。此外，动词的时态也影响到这种距离，例如用现在式就比用过去式的距离要缩短许多。因此，我们不妨在各种可能的组合中，就《玉阶怨》一诗，整理出四种距离来：

甲：第一人称，现在式

乙：第一人称，过去式

丙：第三人称，现在式

丁：第三人称，过去式

从上表看来，甲的距离无疑最小，丁的距离无疑最长。至于乙、丙的距离孰短孰长，则颇难决定，因为乙的人称虽然较近，而时态又显然较远，似乎两相对消了。可是，最重要的是：译文虽有上述四种可能的组合，但李白的原文却只有一种，这正是中国古典诗的“模棱之美”。英文诗中，尽多 ambiguity 之说，但绝大多数的诗，却是人称分明、时态判然，在这方面一点也不含糊。

2

上述种种情形，加上不讲究字形变化（inflection）及语态（voice）等特性，遂使中国古典诗在文法上伸缩自如、反复无常、极富弹性。这种现象，在句法（syntax）的安排上，最为显著。所谓句，原是一首诗中语意上、文法上和节奏上一个极重要的单位。如果我们将一首诗中的字比拟为个人，而整首诗为一社会，则句的重要性正如家庭，一方面容纳个人，另一方面又为社会所容纳。家之不齐，国将焉附？句法的必须讲究，是显而易见的。

可是，同为大诗人，有人似乎并不刻意炼句，有人则俯仰其间，经营之诚，一若大将用兵，忠臣谋国。前者有李白，后者有杜甫。中国古典诗的句法，到了杜甫手里，真是进入了一片新的疆土，可以说纵之敛之，吞之吐之，反复回旋，无所不宜。杜甫当然不是每诗如此。在古风和乐府之中，他的句法和其他大诗人之间也似乎没有太显著的差异。他那独运匠心的句法，在律诗中表演得最为生动多姿。律诗讲究声调和对仗，句法当然比较谨严，往往不免交错甚或倒装，可是像杜甫那样工于锻炼，不但把字的功效发挥至极限，抑且把辞的次序安置到最大的张力的，几乎绝无仅有。下面是他的《房兵曹胡马诗》：

胡马大宛名，锋棱瘦骨成。
竹批双耳峻，风入四蹄轻。
所向无空阔，真堪托死生。
骁腾有如此，万里可横行。

八句之中，至少有三句是倒装。第二句可以说是“瘦骨成锋棱”的倒装。末二句在散文里的次序，应该是“有如此骁腾，可横行万里”。不过，更吸引我们注意的，是三、四两句。我们不能确定说这一联是倒装，因为我们无法妥善地把它还原。杜甫句法的波诡云谲、超越常轨，也就在此。撇开上下文平仄的规律不谈，就句法论句法，这两句似乎有下面各种可能的排列：

竹批峻双耳，风入轻四蹄。
峻竹批双耳，轻风入四蹄。
双耳批峻竹，四蹄入轻风。
双耳峻批竹，四蹄轻入风。
双耳批竹峻，四蹄入风轻。
批竹峻双耳，入风轻四蹄。

也许，“峻耳双批竹，轻蹄四入风”是第七种可能的排列，只是后半联甚为别扭，已邻于不通。在这七种排列之中，似乎第二、三两种比较接近原来的散文次序。怪就怪在这里：在这样的对仗之中，“峻竹”是虚，“轻风”是实；另一方面，“批”是真的批，“入”却是似真似幻之间了。

可是，杜甫的原文次序仍是最佳的安排，且具最高的效果。因为在“竹批双耳峻，风入四蹄轻”之中，“峻”和“轻”俨然有英文文法受词补足语（objective complement）的功用，不但分别补足“批”和“入”的语势，而且标示出两个动词作用在受词“双耳”和“四蹄”上的后果。所以“峻”和“轻”两个形容词，不但分别叠合了竹与双耳，风与四蹄，也使“批”与“入”的动作臻于高度的完成。本来，如果没有这两个形容词，仅仅是“竹批双耳，风入四蹄”，已经足以构成相当美好的意境。但是加上这两个形容词，那意境就更高妙了。有了“峻”，竹之峻就转移为耳之峻，以致竹与耳叠合为一体；同样，有了“轻”，风之轻也换位为蹄之轻，乃使风与蹄叠合为一体。在这种叠合的过程中，如果说“批”与“入”是变（becoming），则“峻”与“轻”便是成（being）了。因此，这一类的句法，可以归纳成这样的公式：

A.（名词）变（动词）B.（名词）成（形容词）

《旅夜书怀》的第一联，“星垂平野阔，月涌大江流”，似乎也可以纳入这种模式。不过杜诗的句法出奇制胜、变幻莫测，实在不容我们将活生生的艺术强为纳入死板的公式。如果我们稍稍用心，便不难发现，《草堂集》中多的是这种虚实互转主客交替的奇幻句法。像“星临万户动，月傍九霄多”，像“永夜角声悲自语，中天月色好谁看”，像“江间波浪兼天涌，塞上风云接地阴”，像“野哭几家闻战伐，夷歌数处起渔樵”，像“波漂菰米沉云黑，露冷莲房坠粉红”等佳句，如果仔细分析起来，章法莫不饶有奇趣。像这样的奇句，我至少读过千遍以上，但至今也不曾读厌。主要的原因，恐怕还是句法安排的高妙。譬如“夷歌数处起渔樵”一句，如果理顺为“渔樵数处起夷歌”，恐怕念到第二遍就已兴味索然了。

由于中文文法富于弹性，在短短五言或七言的一句律诗中，尽有足够的天地，容诗人的寸心反复回旋。例如杜甫的一联诗“海内风尘诸弟隔，天涯涕泪一身遥”，拆而复装，便有下面各种可能的组合：

风尘诸弟隔海内，涕泪一身遥天涯。
风尘诸弟海内隔，涕泪一身天涯遥。
风尘海内隔诸弟，涕泪天涯遥一身。
风尘海内诸弟隔，涕泪天涯一身遥。
诸弟风尘隔海内，一身涕泪遥天涯。
诸弟风尘海内隔，一身涕泪天涯遥。
诸弟海内风尘隔，一身天涯涕泪遥。
诸弟海内隔风尘，一身天涯遥涕泪。
海内诸弟风尘隔，天涯一身涕泪遥。
海内诸弟隔风尘，天涯一身遥涕泪。
海内风尘隔诸弟，天涯涕泪遥一身。

当然，在英文诗中，并不是没有这种再组的可能性。例如华兹华斯《西敏斯特桥上赋》(*Composed upon Westminster Bridge*)的第十二行：The river glideth at his own sweet will，便可做下列各种重组：

The river at his own sweet will glideth.
Gildeth the river at his own sweet will.
Gildeth at his own sweet will the river.
At his own sweet will glideth the river.
At his own sweet will the river glideth.

华兹华斯这行诗，八个字，十个音节，长度甚于杜诗，照说句法回旋的空间应该更宽，但排列组合的结果，可能性竟不及杜诗之半。何况杜诗重组之际，是两行依相当的部位同时变换，照说牵制应该更多。事实上，换了杜甫来写华兹华斯的十四行，这句诗很可能解除了英文文法的束缚，而成为下列的方式：

River glide own sweet will.

直译就成为“河流自甘愿”。这当然不像话。如果译为“水流自欣欣”，那至少可作下列七种组合，比英文原句多出两种：

水自欣欣流
水流自欣欣
流水自欣欣
欣欣自流水
欣欣水自流
自流欣欣水
自流水欣欣

也许“水自流欣欣”是第八种可能的组合，别扭当然别扭，但也不会比 Glideth at his own sweet sill the river 更牵强吧。中国古典诗的句法，就是这么神奇地富于弹性，甚至可以反复诵读，例如回文。英文也有回文，叫作“百灵钟”（palindrome），例如下列调侃拿破仑的句子：

Able was I ere I saw Elba.

倒念起来，仍是原句。也有倒念起来成一新句的，例如 Lewd did I live，倒念便成 Evil I did dwel 了。不过这种文字游戏是没有什么价值的。

3

论者常说太白飘逸，子美沉潜，似乎这是一种非人力所能分析的神秘对比。事实上，这种对比的成因，是可以分别从题材、体裁、阅世态度、用字遣词各方面详加分析的。我想，节奏的轻重疾徐，多少也能够反映两人气质的差异。大致上，李疾杜徐，李突兀，杜均衡；律诗那种从容不迫有呼必应的节奏与结构，正宜于杜甫气质的表现。李白的句法，甚少倒装或回旋之势，即使在写律诗的时候，也不在这方面下功夫，因此他的律诗，节奏恒比杜甫的为快。像“客心洗流水”之类略为倒装的句法，在李白五律之中实在少见。即以“客心洗流水”一联而言，紧接着而来的仍是极畅顺的“余响入霜钟”。像“月下开天镜，云生结海楼”和“山随平野尽，江入大荒流”的句法，在李白，已经算得上够曲折的了。杜甫则不然。往往，他不但创造了新的诗句，同时也创造了该诗句所依附的新节奏、新句法。以句法而论，杜甫可以说是诗人中的雕刻大师。他的句法，蟠蜿旋转，蓄势待发，正如米开朗琪罗腕下出现的扭曲人体。呼吸着这样的节奏，气蟠胸臆，我们遂说那是沉潜甚或沉郁的了。

在中国的土壤上

这个民族，本来是以自己的鼻子为宇宙感的中心的。一百年前，那鼻子像是给鸦片的火灾烧焦了。从此，焦鼻子闻到的，只是地中海的芬芳、巴黎的馥郁、伦敦的成熟、纽约的蓬蓬勃勃，而古老大陆本身的稻香、麦香、草香和几千年战争的血也染不醒的，泥土的香，反而显得夐辽而陌生了。不过，焦鼻子到底是焦鼻子，嗅觉已经不那样精确，所以只要是遥远的气味，尤其是西风里嗅来的，闻到什么就喜欢什么，没有选择，而自己脚下踩着的土壤和这土壤上的一切，倒愈闻愈像有股霉腐味了。

自信心的丧失，已经是一百多年的事了。在自卑感的压抑下，这民族表现了两种不同的反应：一种是排外，一种是崇洋。前者是国粹派，后者是国际派，前者妄想保持五口通商以前的原状，不明白所谓文化，原是有生命的东西，不可能永久冷藏在历史的冰箱里的，后者抛弃传统唯恐不及，效颦西方唯恐不似，但是不明白，文化原是生活加上心灵加上时间的一种东西，不是像借一条领带那样地容易拥有。

我们这一角所谓文坛，在某种意义上，仍然是西方现代文学的一小块殖民地。这种“澳门文学”是充满了矛盾的。它热心吸收西方的现代文学，但同时排斥西方的传统（古典文学，浪漫文学等）如排斥有毒的细菌。这种做法，就像一面在欢迎一个英俊的青年，另一面又坚持他不得具有自己祖先的血液，甚至也不得回忆自己的父亲一样。我们不难想象，抽去了《圣经》和希腊古典之后，西方的现代文学还留下了什么。抽去了但丁，还留下多少的艾略特呢？抽去了布雷克，还留下了多少的叶芝？我们的“澳门文学”信徒，一面津津乐道艾略特和叶芝，一面却耻于研究文艺复兴和浪漫主义，就像一个人去河边汲水，只要下游的水而不要上游的水，不知道下游的水原是从上游流下来的。

在另一方面，下游的水和下游的河床甚至下游的风景，是有密切关系的。如果因为那条河在地中海入口处呈S形且常泛滥，把那种河水注入黄河以后，也非要它在渤海入口处扭成S形且常常泛滥不可，那就可笑了。例如达达主义，原是第一次世界大战期间，欧洲一群画家和作家，以混乱而荒谬的方式抗议混乱而荒谬的战争的一种产物。大战一结束，达达主义的社会背景不再存在，达达主义便消失了。如果我们硬要把达达“移植”到此时此地的中国来，这棵怪树，恐怕一过松山海关就要萎掉了。

第一次世界大战后的二十年代初期，“达达”在德国汇入了无政府主义，在法国，则变成所谓超现实主义。超现实主义的放逐理性，扬弃美学及道德律，以及它的提倡自动语言和切断意象，一方面固然深受弗洛伊德的影响，另一方面也是逃避现实，逃避科学至上的工业社会的现实的一种表现。一种文学，不幸而成为逃避现实的租界，就是颓废的文学，而伟大的文学与颓废是相去甚远的。超现实主义名为探索“高一层的现实”（super-reality），事实上等于放弃了广阔的现实面，也就是对科学和工业让步了。另一方面，由于超现实主义只承认放逐理性后的瞬间且破碎的经验，它对于人生的处理，也是暧昧、破碎、面目模糊的。这样子的文学，是我们急切需要的吗？

这样子的一种主义，含含糊糊地“移植”到这岛上来之后，是功过参半，甚且过多于功的。我们必须承认：超现实主义对于想象确实不无解放之功，对于潜意识的探索也甚有鼓励。但是，它的副作用竟超过了它的药力，而陷我们的现代诗于混乱与破碎。它的副作用所及，使一般失去把握的青年作者过分醉心追求缤纷繁复的意象，甚至为意象而意象。所谓意象，原是主题的具体化，或者经验的客体化；如果它超过了主题表现上的需要，则使一首诗充满了令人分心的不必要的细节，而有部分压倒整体之感。一首诗的成功，不在意象的繁复，而在意象能够有效地紧扣住主题。目前，这个岛上的现代诗，最严重的病态之一，便是意象上毫无节制的铺张，以致纷纭的细节，或因雷同而相淆，或因不类而相抵，令读者难以把握“视觉的焦点”。诗，应该是经验的秩序化。经过这种秩序化后，复杂而零乱的经验，才能够浓缩、集中，且产生意义。诗，应该是一种澄清的过程（process of clarification）。我们目前的现代诗，似乎正在走反澄清的方向。

相对于意象的铺张，我们的现代诗几乎将节奏完全扬弃了。几乎，翻开任何新出版的诗集，我们都会读到没有句法的句子，没有节奏的段落，不成段落的诗篇。在节奏上，我们的现代诗几乎是完全解体了。所谓“自由诗”，对于真正的诗人，并不存在。在艺术之中，是没有什么“绝对的自由”的。所谓自由，原是与束缚相对的一种东西；解除束缚，超越障碍，才有自由。所以“绝对的自由”等于没有自由，因为本来就无须克服任何困难，或超越任何障碍。譬如舟行水上，水既是束缚，也是自由的必要条件；因为水固然具有阻力，但也是所以行舟的凭借。现代诗人在抛弃传统的同时，也丧失了形式的凭借。他要在一首诗中多加一段，或少写几行，或者在一行之中，增删任何字数，都是他的自由。但是那样实在不能算是自由，因为他无须应付任何限制。而在极其松散的形式之中，节奏既无任何外在甚至内在的规律，读者自然无所期待，结果自然也就无所谓失望或者满足。一位现代诗人，固然不必去运用前人的律绝，十四行，或者斯宾塞体，但是他仍需创造自己的规则去玩自己的游戏。我们的现代诗人，往往不肯自创新规，或者无能遵守自创的规则。我们的现代诗，往往令人读不下去，因为在视觉上既无重心，在听觉上也没有满足。一位敏感的读者，岂甘自陷于既盲且聋的绝境？

超现实主义本来只提供一种写作的手法，在主题上并无正面的启示。年轻一代的作者，对于“五四”以来的新遗产既无缘涉猎，对中国的“旧大陆”也说不上有什么切身的经验或热爱；至于深厚的古典遗产，在目前崇洋的风气之中，更被人否定而且鄙弃了。于是，诗人们的眼色都羡羡然投向西方。从失落的一代到愤怒的青年到存在主义到加缪，为了服西方新上市的特效药，此地的作者先学会了西方人的流行性感冒。于是，本来没有宗教问题的我们，竟在诗中为神的死去一再举行哀悼；工业革命尚未成功，竟预支感情，哭诉机器的野蛮，大城市的无情迫害。诗中的意象，不是海伦，便是基督，或者是更为流行的“荒原”“地粮”“海明威的豹”“波德莱尔的云”。如果有谁还肯去发掘中国古典的意象，那他便是一个万恶不赦的大罪人了。从零碎的译文或未全消化的原文里，这些作者，抓住一把“口令”式的字眼，便成为异常方便的护身符了。于是“孤绝感”“荒谬哲学”“都市的兽性”“存在的痛苦”一类像是现代诗人特有的“术语”甚至“隐语”，便代替了古典诗中的“风花雪月”，在我们流行的句法里，嵌镶一些新的排列组合，然后呼嚷几声神啊战争啊玛丽亚啊之类的口号，然后暗示自己是一个性变态患者，或者是精神分裂症患者，或者随时有自杀的可能，最后，也许再祭起一句《三字经》的秽语，一首典型的现代诗就算写成。

以“荒谬哲学”为例。某些作者竟以为加缪在提倡这种哲学，且鼓励人们唾弃一切价值，而对生活抱持一种不负责任的态度。这是异常错误的。无论在思想上或行动上，加缪都不是一个虚无主义者。加缪所谓的荒谬，仅仅意指每一位个人的生活环境，以及强加于个人身上的宗教或政治制度，每每是荒谬而无意义的。但是，当一个人采取行动去反抗这种荒谬时，他便有了工作和责任感，工作遂给他满足，而责任感遂给他意义。从早期的《异乡人》到后期的《叛徒》，加缪无时不在寻求生命的意义。《瘟疫》的主题，是以同伴的团结来消灭生命的荒谬感。薛西弗斯推石上山，毅然肩负生之荒谬的神话，简直可以媲美儒家知其不可为而为之的精神。加缪曾说：“面对有关人性的一切，我悲观；但面对有关人之行动的一切，我坚持乐观。”也就是基于这种信念，在实际生活上，加缪的选择恒属勇者。第二次世界大战的第二年（一九四〇），当法国的命运愈趋黑暗而法国人纷纷逃向北非的时候，加缪独自从北非回国，倡办地下报纸，对抗德国和维琪政府的新闻检查，并且撰写明畅有力的社论。

更值得注意的是：加缪的作品，非但不虚无，甚至也不晦涩。他的文体永远那样清晰而透明，饶有古典风格。我们的现代诗，似乎有意守晦涩以自珍。事实上，从艾略特的晚年起，英美诗坛早已掀起一股反晦涩、反烦琐的运动了。如果以晦涩自豪的台湾现代诗人，还不知道有这种“趋势”的话，希望他们立刻去翻一翻当代英美四十多岁一群新诗人的作品，看看威尔伯（Richard Wilbur）、金斯伯格（Allen Ginsberg）、艾米斯（Kingsley Amis）、拉金（Philip Larkin）、布莱恩（John Wain）等的作品，是否仍然晦涩而惑人？

我们的现代诗，还有一个流行的毛病：好表现哲学，甚至谈玄。所谓“哲理诗”（philosophical poetry）或者“冥想诗”（meditative poetry），原是诗的一个部门，一个较为深刻而且微妙的部门，不是每个诗人都能胜任的。富于哲学意味的诗，作形而上思考的诗，分寸很难把握，太露了，便成为警世的格言，太隐了，便成为莫测的谜语。好的哲理诗，既有哲学，也有诗，那哲学就在诗里，就融在意象和节奏之中，具有一种自然而然的说服性，但同时也呈现意图上的某种透明度。要能做到这一步，诗人必须练就高妙的技巧和对于事物既能分析对于经验又能综合的修养。这就不是中年以下的作者轻易能够做到的了。事实上，现代诗中一些具有形而上意味的杰作，往往是作者中年以后的成就。叶芝的《自我与灵魂的对话》作于六十四岁。艾略特最成熟的哲理诗《四个四重奏》，也是他最后的一部诗集，则在他五十六岁那年才出版。这个岛上，不少年纪很轻的作者，爱在诗中谈玄说理，企图达到某种形而上的层次，但是，生活体验既不足，思考工夫又不够，加上表现技巧的生硬，真能成功的例子好像不多。结果，读者所面临的，往往只是一些貌若深奥的词句。像“异乡人的苦闷”“时间那金属的声音”“独饮悲哀的二十世纪”“荒谬，纯然的荒谬”，以及“于是鼠灰色死了，在黑色的虚无”之类的流行腔调，非但不能对读者的思想或经验起澄清的作用，反而更增加他的茫然。事实上，气质或年龄不宜于写哲理诗的某些作者，如果能放弃这种“灵魂的室内乐”，而去改写纯粹的抒情诗，或者索性从意象主义的素描踏踏实实地做起，对自己、对读者，也许都比较有益吧。

翻开近日出版的一些诗选，我们的迷惘更加深了。这位作者俨然是霍普金斯的嫡系传人，那位作者俨然出身于里尔克的门墙，某也狂呼奥登和斯彭德，某也简直是中国的波德莱尔，某也深具某某主义的精神。我们不禁产生一个疑问：这个民族的自信到哪里去了？是否它已经随屈原俱沉在汨罗江江底了呢？几千年来，中国的大陆上，好像什么也没有发生过。中国的土壤上，好像从来没有产生过任何天才。头脑外流，并不可怕，比起灵魂的外流。我们这一角诗的殖民地，是不是应该收回来了呢？

当然应该。我们早应该收起国际性的无病呻吟，回到中国，回到此时此地的中国的现实里来了。在我们这时代，谁也没有权利以西方流行的主义为借口，逃避目前中国的现实。但是，仅仅正视中国的现实，仍是不够的。他必须用清晰的声音，而不是含混的呓语，说出他的感受甚至批评。这原是一位作家极为显然的责任，无须大绕圈子去搬弄什么主义什么派别来说明。

时代愈荒谬，愈需要正面的价值。现实愈混乱，愈需要清晰的声音。这种价值和声音，正是诗人的责任。活着，不能没有希望，也不能不负责任。如果连诗人也不追求价值，谁还去追求价值呢？如果诗人，语言的净化者，也不能把话说清楚，要等谁来把它说清楚呢？

虚无，是一种罪恶，晦涩也是，在中国的土壤上。

中西文学之比较

中西文学浩如烟海，任取一端，即穷毕生精力，也不过略窥梗概而已。要将这么悠久而繁复的精神领域，去芜存菁，提纲挈领，作一个简明的比较，真是谈何容易！比较文学，在西方已经是一门晚近的学问，在中国，由于数千年来大半处于单元的文化环境之中，更是在“五四”以后才渐渐受人注意的事情。要作这么一个比较，在精神上必然牵涉到中西全面的文化背景，在形式上也不能不牵涉到中西各殊的语文特质，结果怎不令人望洋兴叹？一般人所能做的，恐怕都只是管中窥豹，甚至盲人摸象而已。面对这么重大的一个问题，我只能凭借诗人的直觉，不敢奢望学者的分析，也就是说，我只能把自己一些尚未成熟的印象，作一个综合性的报告罢了。

造成中西文学相异的因素，可以分为内在的和外在的两种：内在的属于思想，属于文化背景；外在的属于语言和文字。首先，我想尝试从思想的内涵，将中西文学做一个比较。西方文化的三大因素——希腊神话、基督教义、近代科学，前二者决定了欧洲的古典文学。无论是古典的神话，或是中世纪的宗教，都令人明确地意识到自己在宇宙的地位，与神的关系，身后的出处等。无论是希腊的多神教，或是基督的一神教，都令人感觉，主宰这宇宙的，是高高在上的万能的神，而不是凡人；而人所关心的，不但是他和旁人的关系，更是他和神的关系，不但是此生，更是身后。在西方文学之中，神的惩罚和人的受难，往往是动人心魄的主题：以肝食鹰的普罗米修斯、推石上山的薛西弗斯、流亡海上的尤利西斯、堕落地狱的浮士德等，都是很有名的例子。相形之下，中国文学由于欠缺神话或宗教的背景，在本质上可以说是人间的文学，英文所谓 secular literature，它的主题是个人的、社会的、历史的，而非“天人之际”的。

这当然不是说，中国文学里没有神话的成分。后羿射日、嫦娥奔月、女娲补天、共工触地，本来都是我国神话的雏形。燧人氏相当于西方的普罗米修斯，羲和接近西方的亚波罗。然而这些毕竟未能像希腊神话那样蔚为大观，因为第一，这些传说大半东零西碎、不成格局，加起来也不成其为井然有序互相关联的神话（mythology），只能说是散漫的传说（scattered myths），不像希腊神话中奥林匹斯山上诸神，可以表列为宙斯的家谱。第二，这些散漫的传说，在故事上过于简单，在意义上也未经大作家予以较深的引申发挥，作道德的诠释，结果在文学的传统中，不能激发民族的想象，而赢得重要的地位。《楚辞》之中是提到不少神话，但是故事性很弱、装饰性很浓，道德的意义也不确定。也许是受了儒家不言鬼神注重人伦的入世精神所影响，《楚辞》的这种超自然的次要传统（minor tradition of supernaturalism）在后来的中国文学中，并未发挥作用，只在部分汉赋、嵇康、郭璞的游仙诗和唐代李贺、卢仝等的作品中，传其断续的命脉而已。在儒家的影响下，中国正统的古典文学——诗和散文，不包括戏剧和小说——始终未曾好好利用神话。例如杜甫的“羲和鞭白日，少昊行清秋”，只是一种装饰。例如李贺的“女娲炼石补天处，石破天惊逗秋雨”，只是一闪简短的想象。至于《古诗十九首》中所说“仙人王子乔，难可与等期”，简直是讽刺了。

至于宗教，在中国古典文学之中，更没有什么地位可言。儒家常被称为“儒教”，事实上儒家的宗教成分很轻。祭祀先人或有虔敬之心（不过“祭如在”而已），行礼如仪也有 ritual 惯例的味道；可是重死而不重生，无所谓浸洗，重今生而不言来世，无所谓天国地狱之奖惩，亦无所谓末日之审判。最重要的是：我们的先人根本没有所谓“原罪”的观念，而西方文学中最有趣、最动人也最出风头的撒旦（Satan, Lucifer, Mephistopheles or the

Devil），也是中国式的想象中所不存在的。看过《浮士德》《失乐园》，看过白雷克、拜伦、爱伦·坡、波德莱尔、霍桑、麦尔维尔、史蒂文森、杜思托也夫斯基等十九世纪大家的作品之后，我们几乎可以说，魔鬼是西方近代文学中最流行的主角。中国古典文学里也有鬼怪，从《楚辞》到李贺到《聊斋》，那些鬼，或有诗意，或有恶意，或亦阴森可怖，但大多没有道德意义，也没有心理上的或灵魂上的象征作用。总之，西方的诱惑、谴罚、拯救等观念，在佛教输入之前，并不存在于中国的想象之中；即使在佛教输入之后，这些观念也只流行于俗文学里而已。在西方，文学中的伟大冲突，往往是人性中魔鬼与神的斗争。如果神胜了，那人就成为圣徒；如果魔鬼胜了，那人就成为魔鬼的门徒；如果神与魔鬼互有胜负，难分成败，那人就是一个十足的凡人了。不要小看了魔鬼的门徒，其中大有非凡的人物：浮士德、唐璜、阿哈布、亚伯拉德，都是杰出的例子。中国文学中人物的冲突，往往只是人伦的，只是君臣（屈原）、母子（焦仲卿）、兄弟（曹植）之间的冲突。西方固然也有君臣之间的冲突，不过像托马斯·贝克特（Thomas Becket）之忤亨利第二和托马斯·莫尔（Thomas More）之忤亨利第八，虽说以臣忤君，毕竟是天人交战，臣子站在神的那一边，反而振振有词，虽死不悔、虽败犹荣。屈原固然也说“虽九死其犹未悔”，毕竟在“神高驰”与“陟升皇”之际，仍要临睨旧乡，恋恋于人间，最后所期望的，也只是“彭咸之所居”，而不是天国。

西方文学的最高境界，往往是宗教或神话的，其主题，往往是人与神的冲突。中国文学的最高境界，往往是人与自然的默契（陶潜），但更常见的是人间的主题：个人的（杜甫《月夜》），时代的（《兵车行》）和历史的（《古柏行》）主题。咏史诗在中国文学中的地位，几乎可与西方的宗教诗相比。中国式的悲剧，往往是屈原、贾谊的悲剧，往往是“江流石不转，遗恨失吞吴”，是“华亭鹤唳讵可闻，上蔡苍鹰何足道”；像《长恨歌》那样咏史而终至超越时空，可说是少而又少了。偶尔，中国诗人也会超越历史，像陈子昂在“念天地之悠悠，独怆然而涕下”，像李白在“古来圣贤皆寂寞，唯有饮者留其名”中那样，表现出一种莫可奈何的虚无之感。这种虚无之感，在西方，只有进化论既兴基督教动摇之后，在现代文学中才常有表现。

中西文学因有无宗教而产生的差别，在爱情之中最为显著。中国文学中的情人，虽欲相信爱情之不朽而不可得，因为中国人对于超死亡的存在本身，原来就没有信心。情人死后，也就与草木同朽，说什么相待于来世，实在是渺不可期的事情。《长恨歌》虽有超越时空的想象，但对于马嵬坡以后的事情，仍然无法自圆其说，显然白居易自己也只是在敷衍传说而已。方士既已“升天入地”，碧落黄泉，两皆不见，乃“忽闻海上有仙山，山在虚无缥缈间”。可见这里所谓仙山，既不在天上，又不在地下，应该是在天涯海角的人间了。诗末乃又出现“回头下望人寰处，不见长安见尘雾”的句子，这实在是说不通的。所以尽管作者借太真这口说“但教心似金钿坚，天上人间会相见”，数十年后，写咏史诗的李商隐却说：“海外徒闻更九州，他生未卜此生休。”大致上说来，中国作家对于另一个世界的存在，既不完全肯定，也不完全否定，而是感情上宁信其有，理智上又疑其无，倒有点近于西方的“不可知论”（agnosticism）。我国悼亡之诗，晋有潘岳，唐有元稹。潘岳说：“落叶委埏侧，枯荄带坟隅。孤魂独茕茕，安知灵与无？”元稹说得更清楚：“同穴窅冥何所望？他生缘会更难期！”话虽这么说，他还是不放弃“与君营奠复营斋”。

在西方，情人们对于死后的结合，是极为确定的。弥尔顿在《悼亡妻》之中，白朗宁在《展望》之中，都坚信身后会与亡妻在天国见面。而他们所谓的“天国”，几乎具有地理的真实性，不尽是精神上象征性的存在，也不是《长恨歌》中虚无缥缈的仙山。罗赛蒂（D. G. Rossetti）在《幸福的女郎》中，设想他死去的情人倚在天国边境的金栏杆上，下瞰地面，等待下一班的天使群携他的灵魂升天，与她相会。诗中所描绘的天国，从少女的服饰，到至圣堂中的七盏灯和生之树上的圣灵之鸽，悉据但丁《神曲》中的蓝图，给人的感觉，简直是地理性的存在。也因为有这种天国的信仰支持着，西方人的爱情趋于理想主义，易将爱情的对象神化，不然便是以为情人是神施恩宠的媒介（见拉尼尔的诗

《我的双泉》)。中国的情诗则不然，往往只见一往情深，并不奉若神明。

我的初步结论是：由于对超自然世界的观念互异，中国文学似乎敏于观察、富于感情，但在驰骋想象、运用思想两方面，似乎不及西方文学；是以中国古典文学长于短篇的抒情诗和小品文，但除了少数的例外，并未产生任何宏大的史诗或叙事诗，文学批评则散漫而无系统，戏剧的创造也比西方迟了几乎两千年。

可是中国文学有一个极为有利的条件：富于弹性与持久性的文字。中国方言异常分歧，幸好文字统一，乃能保存悠久的文学，成为一个活的传统。今日的中学生，读四百年前的《西游记》，或一千多年前的唐诗，可以说毫无问题。甚至两千年前的《史记》，或更古老的《诗经》的部分作品，借注解之助，也不难了解。这种历久而弥新的活传统，真是可惊。在欧美各国，成为文言的拉丁文已经是死文字了，除了学者、专家和僧侣以外，已经无人了解。在文艺复兴初期，欧洲各国尚有作家用拉丁文写书：例如一五一六年托马斯·莫尔出版的《乌托邦》，和十七世纪初弥尔顿所写的一些挽诗，仍是用拉丁文写的。可是用古英文写的《贝奥武夫》，今日英美的大学生也不能懂。即使六百年前乔叟用中世纪英文写的《康城故事集》，也必须译成现代英文，才能供人欣赏。甚至三百多年前莎士比亚的英文，也要附加注解，才能研读。

是什么使得中文这样历久不变、千古长新的呢？第一，中国的文字，虽历经变迁，仍较欧洲各国文字为纯。中国文化，不但素来比近邻各国文化为高，抑且影响四邻的文化，因此中国文字之中，外来语成分极小。欧洲文化则交流甚频，因此各国的文字很难保持纯粹性。以英国为例，历经罗马、盎格鲁－撒克逊、丹麦和日耳曼各民族入侵并同化的英国人，其文字也异常庞杂，大致上可分为拉丁（部分由法文输入）、法文和古英文（盎格鲁－撒克逊）三种来源。所以在现代英文里，声音刚强含义朴拙的单音字往往源自古英文，而发音柔和意义文雅的复音字往往源自拉丁文。例如同是“亲戚”的意思，kith and kin 便是头韵很重的刚直的盎格鲁－撒克逊语，consanguinity，便是柔和文雅的拉丁语了。哈姆雷特临终前对霍拉旭说：

> If thou didst ever hold me in thy heart,
> Absent thee from felicity a while,
> And in this harsh world draw thy breath in pain,
> To tell my story.

历来为人所称道，便是因为第二行的典雅和第三行的粗糙形成了文义所需要的对照，因为霍拉旭要去的地方，无论是天国或死亡之乡，比起“这苛严的世界”，在哈姆雷特看来，实在是幸福得多了。在文字上，所以形成这种对照的，是第二行中的那个拉丁语系的复音字 felicity 和第三行那些盎格鲁 – 撒克逊语系的单音字。这种对照——不同语系的字汇在同一民族的语文中形成的戏剧性的对照——是中国读者难于欣赏的。

其次，中国文字在文法上弹性非常之大，不像西方的文法，好处固然是思考缜密，缺点也就在过分烦琐。中文绝少因文法而引起的字形变化，可以说是 inflection-free 或者 non-inflectional。中文的文法中，没有西方文字在数量（number）、时态（tense）、语态（voice）和性别（gender）各方面的字形变化；例如英文中的 ox, oxen; see, saw, seen; understanding, understood; songster, songstress 等的变化，在中文里是不会发生的。单音的中文字，在变换词性的时候，并不需要改变字形。例如一个简单的“喜”字，至少可以派四种不同的用场：

（一）名词　喜怒哀乐（cheer）
（二）形容词　面有喜色（cheerful）
（三）动词　问何物能令公喜（cheer up）
（四）副词　王大喜曰（cheerfully）

又因为中文不是拼音文字，所以发音的变化并不影响字形。例如“降”字，可以读成“绛、祥、洪”三个音，但是写起来还只是一个“降”字。又如今日汉语中的一些音（白、雪、绝），在古音中原是入声，但是声调变易之后，并不改变字形。英文则不然。姑不论苏格兰、爱尔兰、威尔士等地的方言拼法全异，即使是英文本身，从乔叟到现在，不过六百年，许多字形，便因发音的变化影响到拼法，而大大地改变了。据说莎士比亚自己的签名，便有好几种拼法，甚至和他父亲的姓，拼法也不相同。

中国文法的弹性，在文学作品，尤其是诗中，表现得最为显明。英文文法中不可或缺的主词与动词，在中国古典诗中，往往可以省去。缀系动词（linking verb）在诗和散文中往往是不必要的。“方山子，光黄间隐人也”，就够了，什么“是、为、系、乃”等缀系动词都是多余。又如“细草微风岸，危樯独夜舟”，两句没有一个动词。贾岛的《寻隐者不遇》：

松下问童子，言师采药去。
只在此山中，云深不知处。

四句没有一个主词。究竟是谁在问，谁在言，谁在此山中，谁不知其处呢？虽然诗中没有明白交代，但是中国的读者一看就知道了；从上下文的关系他立刻知道那是诗人在问，童子在答，师父虽在山中，童子难知其处。换了西洋诗，就必须像下列这样，把这些主词一一交代清楚了：

Beneath the pines look I for the recluse.
His page replies: “Gathering herbs my master’s away.
You’ll find him nowhere, as close are the clouds,
Though he must be on the hill, I dare say.”

中文本来就没有冠词，在古典文学之中，往往也省去了前置词、连接词，以及（受格与所有格的）代名词。以华兹华斯名诗《水仙》首段为例：

I wandered lonely as a cloud
That floats on high o’er vales and hills,
When all at once I saw a crowd,
A host, of golden daffodils;
Beside the lake, beneath the trees,
Fluttering and dancing in the breeze.

如果要陶潜来表达同样的意境，结果中文里惯于省略的词都省去了，可能相当于下列的情形：

wander lonely as a cloud
float high over dale hill
all at once see a crowd
a host golden daffodil
beside lake beneath tree
flutter dance in breeze

中国文学的特质，在面临翻译的时候，最容易显现出来。翻译实在是比较文学的一个有效工具，因为译者必须兼顾两种文学的对照性的特质。例如“日暮东风怨啼鸟，落花犹似坠楼人”，其中的鸟和花，究竟是单数还是多数？在中文里本来不成其为问题，在英文里就不能不讲究了。又如“三日入厨房，洗手做羹汤。未谙姑食性，先遣小姑尝”一诗，译成英文时，主词应该是第一人称呢，还是第三人称？应该是“我”下厨房呢，还是“她”下厨房？至于时态，应该是过去呢，还是现在？这些都需要译者自己决定，而他的抉择同时也就决定了作品与读者之间的关系：譬如在第一人称现在式的情形下，那关系便极为迫切，因为读者成了演出人；在第三人称过去式的情形下，那关系便淡得多，因为读者已退为观察人了。李白两首七绝，用英文翻译时，最应注意时态的变化：

苏台览古

旧苑荒台杨柳新，菱歌春唱不胜春。
只今惟有西江月，曾照吴王宫里人。

越中览古

越王勾践破吴归，义士还家尽锦衣。
宫女如花满春殿，只今惟有鹧鸪飞。

两首诗在时态上的突变，恰恰相反。前者始于现代式，到末行忽然推远到古代，变成过去式；后者始于过去式，到末行忽然拉回眼前，变成现在式。尤其是后者，简直有电影蒙太奇的味道。可是中文文法之妙，就妙在朦胧而富弹性。《越中览古》一首，尽管英译时前三行应作过去式，末行应作现在式，但在中文原文中，前三行的动词本无所谓过去现在，一直到第二行结尾，读者只觉得如道眼前之事，不暇分别古今；到了“只今惟有鹧鸪飞”，读者才会修正前三行所得的印象，于是刹那之间，古者归古，今者归今，平面的时间忽然立体化起来，有了层次的感觉。如果在中文原文里，一开始就从文法上看出那是过去式，一切过于分明，到诗末就没有突变的感觉了。

中国诗和西洋诗，在音律上最大的不同，是前者恒唱，后者亦唱亦说，寓说于唱。我们都知道，中国古典诗的节奏，有两个因素：一是平仄的交错，一是句法的对照。像杜甫的《咏怀古迹》：

支离东北风尘际，漂泊西南天地间。
三峡楼台淹日月，五溪衣服共云山。
羯胡事主终无赖，词客哀时且未还。
庾信平生最萧瑟，暮年诗赋动江关。

一句之中，平仄对照，两句之中，平仄对仗。第三句开始时，平仄的安排沿袭第二句，可是结尾时却变了调，和第四句对仗。到了第五句，又沿袭第四句而于结尾时加以变化，复与第六句对仗，依此类推。这种格式，一呼一应，异而复同，同而复异，因句生句，以至终篇，可说是天衣无缝、尽善尽美。另外一个因素，使节奏流动，且使八句产生共鸣的，是句法，或者句型。中国古典诗的句型，四言则上二下二，五言则上二下三，七言则上四下三，而上四之中又可分为二二；大致上说来，都是甚为规则的。前引七律句法，大致上就是这种上四下三的安排。变化不是没有，例如前两行，与其读成“支离东北——风尘际，漂泊西南——天地间”，何如读成“支离——东北风尘际，漂泊——西南天地间”。不过这种小小的变调，实在并不显著，也不致破坏全诗的谐和感。

西洋诗就大异其趣了。在西洋诗中，节奏的形成，或赖重音，或赖长短音，或赖定量之音节，在盎格鲁－撒克逊的古英文音律中，每行音节的数量不等，但所含重音数量相同，谓之“重读诗”（accentual verse）。在希腊罗马的古典诗中，一个长音节在诵读时所耗的时间，等于短音节的两倍，例如荷马的史诗，便是每行六组音节，每组三首，一长二短。这种音律称为“计量诗”（quantitative verse）。至于法文诗，因为语言本身的重音并不显明，所注重的却是每行要有一定数量的音节，例如古法文诗的“亚历山大体”（Alexandrine）便是每行含有十二个音节。这种音律称为“音节诗”（syllabic verse）。古典英诗的音律，兼有“重读诗”和“音节诗”的特质，既要定量的重音，又要定量的音节。最流行的所谓“抑扬五步格”（iambic pentameter），便规定要含有十个音节，其中偶数的音节必须为重音。下面是济慈一首商籁的前八行：

To one who has been long in city pent,
'Tis very sweet to look into the fair
And open face of heaven—to breathe a prayer
Full in the smile of the blue firmament.
Who is more happy, when, with heart's content

Fatigued he sinks into some pleasant lair
Of wavy grass, and reads a debonair
And gentle tale of love and languishment?

这种音律和中国诗很不相同。第一，中国字无论是平是仄，都是一字一音，仄声字也许比平声字短，但不见得比平声字轻，所以七言就是七个重音。英文字十个音节中只有五个是重读，五个重音之中，有的更重，有的较轻，例如第一行中，has 实在不能算怎么重读，所以 who has been long 四个音节可以一口气读下去。因此英诗在规则之中有不规则，音乐效果接近“滑音”，中国诗则接近“断音”。第二，中国诗一行就是一句，行末句完意亦尽，在西洋诗的术语上，都是所谓“煞尾句”。英诗则不然，英诗的一行可能是“煞尾句”，也可能是“待续句”。所谓“待续句”，就是一行诗到了行末，无论在文法上或文意上都没有结束，必须到下一行或下数行才告完成。前引济慈八行中，第二、三、五、六、七诸行都是“待续句”。第三，中国诗的句型既甚规则，行中的“顿”（caesura）的位置也较为固定。例如七言诗的顿总在第四字的后面，五言诗则在第二字后。在早期的中国诗中，例如《楚辞》，顿的地位倒是比较活动的。英诗句中的顿，可以少也可以多，可以移前也可以移后，这样自由的挪动当然增加了节奏的变化。例如在济慈的诗中，第三行的顿在第七音节之后，其后数行的顿则依次在第四、第五、第二、第四音节之后，到了第八行又似乎滑不留舌，没有顿了。这些顿，又可以分为“阴顿”（feminine caesura）和“阳顿”（masculine caesura）两类，前者在轻音之后，后者在重音之后，对于节奏的起伏，更有微妙的作用。第四，中国诗的句型既甚规则，又没有未完成的“待续句”，所以唱的成分很浓。西洋诗的句型因顿的前后挪动而活泼不拘，“煞尾句”和“待续句”又相互调剂，因此诗的格律和语言自然的节奏之间，既相迎合，又相排拒，遂造成一种戏剧化的对照。霍普金斯称这种情形为“对位”。事实上，不同速度的节奏交汇在一起时，谓之“切分法”（syncopation）。我说西洋诗兼唱兼说，正是这个意思。而不论切分也好，对位也好，都似乎是中国古典诗中所没有的。中国的现代诗，受了西洋诗的影响，似乎也有意试验这种对位手法，在唱的格式中说话，但是成功与否，尚难断言。

当然中国文学也有西方不及之处。因为文法富于弹性，单音的方块字天造地设地宜于对仗。虽然英文也有讲究对称的所谓 Euphuism，天衣无缝的对仗仍是西洋文学所无能为力的。中国的古典诗有一种圆融浑成，无始无终，无涯无际，超乎时空的存在。由于不拘人称且省略主词，任何读者都恍然有置身其间，躬逢其事之感。由于不拘时态，更使事事都逼眼前，历久常新。像不拘晨昏无分光影的中国画一样，中国诗的意境是普遍而又永恒的。至于它是否宜于表现现代人的情思与生活，那又是另一个问题了。

附注：在亚洲广播公会的座谈会上，主讲“中西文学之比较”。本文即据讲稿写成。

给莎士比亚的一封回信

莎士比亚先生：

年初拜读您在斯特拉福投邮的大札，知悉您有意来中国讲学，真是惊喜交加、感奋莫名！可是我的欣悦并没有维持多久。年来为您讲学的事情，奔走于学府与官署之间，舌敝唇焦，一点也不得要领。您的全集，皇皇四十部大著，果真居则充栋，出则汗人，搬来运去，实在费事，但在某些人的眼中，分量并没有这样子重，因此屡遭退件、退稿。我真是不好意思写这封回信，不过您既已嘱咐了我，我想我还是应该把和各方接洽的前后经过，向您一一报告于后。

首先，我要说明，我们这儿的文化机构，虽然也在提倡所谓文艺，事实上心里是更重视科学的。举个例，我们这儿的文学教授们，只有在“长期发展科学”的名义下，才能申请到文学研究的津贴；好像雕虫末技的文学，要沾上科学之光，才算名正言顺、理直气壮。您不是研究太空或电子的科学家，因此这儿对您的申请，坦白地说，并不那样感兴趣。我们是一个讲究学历和资格的民族：在科举的时代，讲究的是进士；在科学的时代，讲究的是博士。所以当那些审查委员在“学历”一栏下，发现您只有中学程度，在“通晓语文”一栏中，只见您“拉丁文稍解，希腊文不通”的时候，他们就面有难色了。也真是的，您的学历表也未免太寒碜了一点；要是您当日也曾去牛津或者剑桥什么的注上一册，情形就不同了。当时我还为您一再辩护，说您虽然没上过大学，全世界还没有一家大学敢说不开您一课。那些审查委员听了我的话，毫不动容，连眉毛也不抬一根，只说：“那不相干。我们只照章办事。既然交不出文凭，就免谈了。”

后来我灵机一动，想到您的作品，就把您的四十部大著，一股脑儿交了上去。隔了好久，又给一股脑儿退了回来，理由是“不获通过”。我立刻打了一个电话去，发现那些审查委员还没散会，便亲自赶去那官署向他们请教。

“尊友莎君的呈件不合规定。”一个老头子答道。

“哦——为什么呢？”

“他没有著作。”

“莎士比亚没有著作？”我几乎跳了起来，“他的诗和剧本不算著作吗？”

“诗、剧本、散文、小说，都不合规定。我们要的是‘学术著作’。”（他把“学术”两字特别加强，但因为他的乡音很重，听起来像在说“瞎说猪炸”。）

“瞎说猪炸？什么是——”

“正正经经的论文。譬如说，名著的批评、研究、考证等，才算是瞎说猪炸。”

“您老人家能举个例吗？”我异常谦恭地说。

他也不回答我，只管去卷宗堆里搜寻，好一会儿才从一个卷宗里抽出一叠表格来。“喏，像这些。《哈姆雷特的心理分析》《论哈姆雷特的悲剧精神》《从弗洛伊德的观点论哈姆雷特和他母亲的关系》《哈姆雷特著作年月考》《Thou 和 You 在哈姆雷特中的用法》《哈姆雷特史无其人说》……”

“我明白您的意思了。假如莎士比亚写一篇十万字的论文，叫《哈姆雷特脚有鸡眼考》……”

“那我们就可以考虑考虑了。”他说。

“可是，说了半天，《哈姆雷特》就是莎士比亚的作品呀。与其让莎士比亚去论哈姆雷特的鸡眼，为什么不能让他干脆交上《哈姆雷特》原书呢？”

“那怎么行？《哈姆雷特》是一本无根无据的创作，作不得数的。哈姆雷特脚有鸡眼考就有根有据了，根据的就是《哈姆雷特》。有根据，有来历，才是瞎说猪炸。”

显然，您要来我们这儿讲学的事情，无论是在学历上和著作上，都不能通过的。在“曾获何种荣誉”一栏里，我也没有办法为您填上什么。您那个时候还没有诺贝尔、普利策、巴林根等奖金，也不时兴颁赠什么荣誉博士学位。您的外文起码得很，根本不可能去国外讲学，或者出席国际笔会之类的大场面。桂冠呢，您那时候倒是有的，可惜您无缘一戴。

对了，说到奖金，我也曾为您申请过的，不过，您千万不要见怪，我在这方面的企图也不成功。有一个奖金委员会的理由是：“主题暧昧，意识模糊。”另一个委员会的评语是：“主题不够积极性，没有表现人性的光明面。”还有一个评审会的意见，也大同小异，不外是说您的作品“缺乏时代意识，没有现实感；又太浪漫，不合古典的三一律”等。我想，他们的批评，在他们自己看来，也是诚恳的。例如，有一位文学批评的权威，就指责您不该在《李尔王》中让那些不孝的女儿反叛父亲，又说哈姆雷特王子不够积极和坚决，同时剧终忠奸双方玉石俱毁，也显得用意含混、不足为训。还有人说，罗密欧与朱丽叶的殉情未免过分夸张爱情，对青少年恐怕会产生不良的影响。至于那卷《十四行集》，也有人说它太消极，而且有浓厚的个人主义的色彩云云。

至于大作在此间报纸副刊或杂志上发表，机会恐怕也不多。我们的编辑先生所欢迎的，还是以武侠、黑幕，或者女作家们每一张稿纸洒一瓶香水的“长篇哀艳悱恻奇情悲剧小说”为主。我想，您来这儿讲学的事，十有九成是吹了。没有把您的嘱咐办妥，我感到非常抱歉。不过我相信您不会把这些放在心上的。您所要争取的，是千古，不是目前，是全人类的崇敬，不是几伙外行的喋喋不休，对吗？凉风起自天末，还望您善自珍重。后会有期，说不定我会去西敏寺拜望您的。

敬祝

健康

余光中拜上

玻璃迷宫

——论方旗诗集《哀歌二三》

近三两年来，自由中国的现代诗似乎已陷入一种滞留的状态。某些杰出的诗人，或者日渐减产，或者出品日渐逊色，或者索性熄火停工。某些不杰出的诗人，似乎做诗人的兴趣更浓于作诗。当然，做诗人是远比作诗容易多了：三百六十五天之中，只要抽出半天的工夫，去诗人人口密度最大的地方，开一次会就行了。所谓诗人，本来就无须执照，因此，即使出租车司机那样的训练，也可以免了。

可是要写诗，写自己的诗，不是古人也不是外国人的诗，留给历史而毫无愧色的诗，净化自己民族的语言且增进自己民族的敏感的诗，就没有那么容易了。从文学史的意义看来，真能擎笔如柱，撑住我们这一角所谓“诗坛”的作者，目前恐怕还不到十位吧。诗刊不能说不多。诗的活动不能说不频。诗人的数量，没有一师也有一营。表面上足够热闹的了。可是青年作者之中，究竟有几个人能填补从方思到方莘的空缺呢？新人之中，究竟有几个人有自己的用语、自己的意象、自己的节奏、自己的主题，一句话，自己的世界？

情形当然尚不至于如此悲观。所谓“江郎才尽”，有时仅是表面的幻觉。豪斯曼的两卷诗集之间，相去二十六年。哈代在写了二十五年的小说之后，竟又重拾早年的诗兴，写了三十年的诗。三两年的搁笔，因此尚不足以构成“江郎才尽”。不过其间有一个重要的区别。豪斯曼和哈代在这二十多年中，于诗虽无表现，但非毫不用心，事实上他们在其他文学部门的成就，如豪斯曼之于古典文学，哈代之于小说，仍是异常卓越的。我们的部分知名诗人，是否真已才尽，一时虽难断言，但他们这几年来，无论在创作、批评，或其他文学部门的贫弱表现，令人对他们的“东山再起”，很难寄予厚望。

业已知名的作者，当然不尽如此。而无名作者之中，也尽有一驰绝尘的黑马，令人目为之爽。前年夏天我回来后，便因周梦蝶先生的推荐，有缘一睹这样的一匹黑马，自一座玻璃的迷宫中驰来。那黑马，就是方旗。那玻璃宫，就是他的诗集《哀歌二三》。

我没有见过方旗。据周梦蝶先生说，他很年轻，已去美国留学。如此而已。《哀歌二三》前无序，后无记，既无何处也无何时出版的字样。《哀》集中的六十首诗，亦似乎从未在刊物上单独发表过。据我推测，这本诗集大概是在我出去那两年（一九五三年秋至一九五五年夏）间出版的。无论如何，方旗的乍现，是令人惊喜的：惊，因为这样一位年轻的新人，怎么刚一出手竟已如高手；喜，因为这几年来，毕竟还能出现这样的作者，令我们对若断若续的诗运，不致过分杞忧。

像所有年轻的作者一样，方旗颇受某些先驱者的影响，但是，像所有杰出的作者一样，在某些方面他颇能超越那种影响。在我的印象之中，或直接或间接影响过方旗的诗人，可能包括方思、郑愁予、林泠、黄用、叶珊、夐虹、方莘。而给他影响最深的，依次该是方莘、黄用、郑愁予。上述七位诗人的风格，在相异之中，至少有一点相通：那就是，无论他们的现代感有多少层次上的差异，他们的作品，在字里行间，恒散布一种极清纯、极深婉的古典芬芳。比较起来，叶珊热些，方思冷些；郑愁予、林泠，流动自如，方莘则凝练矜持；黄用倾向主知，夐虹倾向唯感。方旗似乎能兼采众家之长，在冷与热、流动与凝练、知性与感性之间，做适度的调整，而完成一种既古典又现代的二元风格。同样具有古典的风味，有些诗人落笔较重，例如周梦蝶；有些诗人落笔较轻，例如郑愁予和夐虹。落笔轻重，关乎性情，原无高下之分。也许落笔重的沉痛悲郁，落笔轻的飘逸潇洒。大致上说来，方旗落笔属于轻的一型，但该点的都点到了，点到为止，不浪费笔墨。下面的一首《冬防》可以为例：

汝其知否灯火管制宵禁开始
汝其知否我使眼睛闭拢雨声停止
汝其知否神在壁上呵气取暖
汝其知否每张床上升起爱情的旗
汝其知否枕是摆向梦的渡船
汝其知否我的梦如一床旧被遮盖你

最末一行的隐喻尤其缠绵，极尽悲凉之致。下列一首小品《镜》，直逼郑愁予的早期作品：

晚天无可奈何地垂落
一面落地长镜
云外淡淡的一颗星
是我若隐若现的影像

下面的一首《海上》：

海上黄昏，云族的牛羊不能栖止

他们水质的足蹄不能栖止在
不堪栖止的青青海原
海上黄昏不堪栖止

那种飘逸的情韵，不让《梦土上》的行吟者专美于前，而一种既缤纷又工整的秩序感，以及在短短四行中连用四个“不能（堪）栖止”的交织绝技，也不让方莘或商禽独造于后。下面的一首《戒指》，则似乎有不少郑愁予和一点点的黄用和林泠：

你问起我左手上戒指的故事
我说忘了　叫醒头顶上的春灯
点亮一个清清楚楚的耶稣
见证着你底青色衣裳以及夜
为了某日某事我戴上
而其烟色的历程已在回流里沉埋
于是你静静地笑了
啊，就是这流临自鉴的古典，我曾经见过
棕发的徐缓调长长铺写在水面
但那水仙是开落在如何的容颜
在如何的杏花春雨里
我已忘却

《黄昏雨》的前几行，置之《无果花》之中，几可乱真：

广告牌的断句，在暮色漶漫的残碑上
行人灵肉俱潮，仰脸不解句读
有如湿土的藻菌　六点钟

影响方旗最深的，恐怕还是方莘。方莘创作的起点是清晰、准确、冷晶晶的意象主义；他的眼睛是现代艺术家的眼睛，他的耳朵是爵士乐演奏者的耳朵。在现代诗人之中，方莘是最关心美学也是最纯粹的作者之一。在印刷术的构图手法上，方莘是最有才的试验者之一。在这方面的成就，他已然超越了白萩、纪弦、林亨泰，可与商禽分庭抗礼。我甚至认为他的《夜的变奏之一》，迄今仍是这方面最"前线"的一面旗。如果说，《夜的变奏之一》是微妙的室内乐，则他"晚期"的那篇《咆哮的挽歌》已经开始了交响乐，且注入了深厚的人性，似乎有意要打破"早期"的孤绝感与纯粹性。凡此对于方旗似乎都发生了一些作用。大致上，方莘比较富于形式上的冒险性，喜欢新的试验，几乎发明了一样就丢一样；方旗没有那么自觉。方莘的意象，无论如何缤纷，都呈现某种程度的统一；方旗的意象，波动的幅度似乎更大，有时候到了"杂"和"挤"的程度。方莘的节奏，饱满、迅疾、开朗，甚至骁悍；方旗的比较柔缓、回旋、富于韧性。方莘对于结构非常自觉，富于整体的建筑感；方旗比较行云流水、巧于谋句，但有时忽于营篇。《在梅列菲斯登台以前》之类的较长作品，在方旗笔下，就显得杂乱而失却控制了。《唯一的海》《掌中戏》《秘密的死亡》《阿特拉斯》《符咒》《雪之初》《犀牛》等诗，几乎像从《膜拜》集中选出来的。那种知性与感性的交融，那种冷酷而精确如一柄手术刀的意象，那种老练的句法和成熟的触觉，都令人想起方莘。不同的是：方旗的语言和句法比方莘的更具古典的柔丽和风雅。请看《诗品》一首：

乌几吹藜
愁坐一宇宙的冷落
红泥小炉闭煮忘川之水
寒夜挑灯苦读诗品序
花落如雨，人淡如菊

一个分离一个永别
天涯远处似有牵挂
像是昨日的相濡以沫
复如今夕的相忘于江湖

一个真醉一个佯狂

悠然悟彻涅槃时
尚在你的三十三天
害我的四百四病

方旗的许多好诗，皆能因句生句、因意生意，在略带对仗与重叠的语法中，造成一种圆融巧熟蕴含不尽的古典风味。《哀歌十二》和《哀歌二三》最能表现这种境界。请看《哀歌二三》的末节：

那推动江湖的也推动轮盘
那风化岩石的也风化我们的手臂
土地与半土地相续丧失面目
芙蓉继承了芙蓉
还是芙蓉，永久是芙蓉
我把整条江遗传给你们
连同黄昏雨以及问句

像一切敏感的心灵一样，方旗对于死亡，个别生命泯入宇宙大生命的那种过程，恒怀一种萦心难去之念。能参透死的，才能悟彻生的意义。凡敏感的心灵，莫不在个别生命的自觉之外，更意识到一个无所不在无时或断的生命，借他的生命以行。圣奥古斯丁曾将神性摹状为一个圆，圆心无所不在，圆周无处可寻。具有宗教感的诗人，自然而然会流露物我交融、天人合一的境界。我们可以说，一位诗人的境界和他同情、交感、合一的程度，成正比例。年轻的方旗，往往展现这种即我即物即人即神的意识。在这方面，他是颇近于狄兰·托马斯和保罗·克利的。《蝴蝶梦》《秘密的死亡》《哀歌十二》《哀歌二三》《煤坑》《假面舞会》几首，是最好的说明。《假面舞会》的末二行，是咏死的神来之笔：

灯火二三处，便是酆都城了
不久我们将到达那里

《我的子夜歌》中的二行，亦有撼人的感觉：

被蜘蛛吞食的
他日必成蛛网

而最有力最逼人的，恐怕得推《哀歌第四》的前半：

所以他们将说　纸钱飞扬一片降幡
所以他们将说　生命短促如三行墓志铭

所以我将遗忘　沉睡如涸池里的闭目鱼
噢不，蝼蚁的咬噬仍会提醒我
月如刀，剖开的心脏伏在胸口舐血
云来星往，猎取彼此的头颅
云的名字星的名字以及某个日子的名字
某个影子的名字
请给我火葬，以熊熊的燥火焚城
黑烟升起黑旗，宣布我的陷落
囚我于青瓷的灰罐，弃我于墙壁的暗角
可是别的灰罐仍会以啄木鸟的口音
切切嘈嘈 Ecce Homo,Ecce Homo
让我和谷粒一起旋转，在磨坊中一起旋转
让我和玻璃一起粉碎，在雪狼的利牙中一起粉碎
在天使的视觉之外，在犬类的嗅觉更远处

在这样丰富而深邃的作品中，方旗已经超越了他所受的影响，进入了他自己的世界。在气质上，方旗很接近保罗·克利。和克利一样，方旗似乎恒意识到冥冥中一个奇异的生命，是那个生命，洋溢在一切生物，甚至无生物的中心。和克利一样，方旗能用具有谐趣的形象，将神秘的东西符号化、秩序化、简化。和克利一样，方旗落笔很轻，但线条清晰而准确，才一举手，已经

揭开梦的七层面纱，昭示令人惊悸的美。在他最好的诗中，方旗手中握的是一柄灵魂的解剖刀。下面的一首《守护神》，简直像克利的一幅干净又生动的素描：

城有城的桥有桥的各人有各人的
守护神，悬离在头顶三尺之处
昏灯下，我们围着圆桌坐下来
守护着我们的诸神也环坐倾谈吧

有时候，梦的七面纱揭开了，显示的是达利、恩斯特、夏高等超现实画家的幻景，气氛咄咄逼人。例如《我的子夜歌》第二节：

从地狱寄回的明信片
梦如破枕散落在床第
时钟延续可怜的呼吸
针臂有时指向爱
有时指向死

《哀歌二三》的封面和扉页之用克利的钢笔素描，不是没有原因的。至少有两个优点，使方旗卓然有别于目前一般青年作者。第一，他对中文的感觉很精细，不像许多躁进的青年那样粗乱和含混。也因此，他的文字在节奏的安排上甚为流利圆熟，上下文的呼应甚为紧密，在伸缩自如起落有致的语法中，完成美好的旋律，不像许多青年作者的文字，或者平铺直叙，或者艾艾期期，全无节奏可言。《舞蹈的少女》一诗末节，这样子叙述那少女如何从音乐重重的囚禁中行若无事地逸出：

而如何你已然走出
如何不触及星座不惊动江湖走出
明亮的灯光下，清清楚楚的
人间的少女

第二，方旗的诗，充满了对生命的敏感与喜爱，最能表现一个年轻的心灵在爱情在自然之前所具的那一份浑厚的纯真与诚挚。这一份虔敬的情操，在敻虹早期的情诗中，也有动人的表现。在现代主义沦为无病呻吟之今日，这种正面的近乎不自觉的赤诚，是更为可贵的。今日的风气，使一般青年作者一摇笔就摆出一副饱历沧桑觑破红尘的颓丧姿态，或是力竭声嘶呼天抢地的悲愤神情，令人开卷生厌，掩卷而不知所云。方旗的《构成》，正如方莘的《练习曲》一样，指出纯真是如何不同于伤感。下面是《构成》的末段：

十七岁茶与同情的年龄在生日的清晨剪下一束黑发留念而为了她的生日搜遍市肆在那贵族风的旧书店发现一卷引力却因胆怯不敢寄赠只能在课堂上偷偷写诗间接知道她学钢琴冒险邮寄一张音乐票当韵律自洞穴的深处传来看着身侧的空位忽然极不甘心散场之后就近取起电话筒却迟迟不能投下银币还记得那红色的电话亭在黄灯下像是神龛可以容纳一片祷告一片恩宠

《哀歌二三》不是一卷有名的诗集。在这篇短评发表以前，它是否能具有三十位以上的读者，我颇怀疑。除了周梦蝶先生的书摊，我不知道是否有别的地方出现这卷诗集。为了方便无书的读者，本文不惜篇幅，大量引用其中的诗句。我们难以预测，这么一位出没无常的诗人，身在异乡，会不会继续写诗。即使方旗仅仅留下这么一卷诗，在六十年代的现代诗中，他仍应占有一个杰出的地位。当然，《哀歌二三》之中，并不全是成功的作品，而一些原可成为更完美的作品之中，也每有逊色的片段甚或败笔。部分的文字未能免于晦涩。部分的诗，像《在梅列菲斯登台以前》，意象似乎过于烦琐，文言的词句似未尽与白话交融无间，遂予人芜杂之感。不过这些缺陷，毕竟不能掩盖作者的才华。当我们想起这只是一位青年诗人的处女集时，我们毋宁庆幸方旗能超越于现代诗的流行病之上，且在薄薄的一卷诗中贡献了这么多的佳作。《七十年代诗选》的四十六位作者之中，至少有二十六位，在艺术的修养和成就上，比方旗逊色得多。遗漏了这样杰出的一位诗人，是任何诗选的重大损失。

震耳欲聋的寂静

——重读方莘的《膜拜》

在三十岁以下的现代诗人之中，方莘不是一个显赫的名字，但是他的地位却是特殊而稳固的。因为他的出现，既非假道郑愁予的梦土，亦非跃自痖弦的深渊，更与林亨泰、白萩的平面建筑无关。方莘在淡江念外文系时，虽曾在我班上读了一年英诗，在诗的创作上亦毫未受我的影响。事实上，那时候他的风格已形成，不可能去效颦现代诗的任何先驱者了。显然，直接间接，他曾经巡礼过方思那种冷穆的古典境地。然而在一度向往过方思的作者之中，方莘仍是独特而杰出的，所以他终于能超越他的先驱。和他相比之下，郑秀陶、薛柏谷等“方派”弟子，就略逊一筹了：他们的中文修养和结构上的功力，似乎尚亏一篑。所谓“方派”，当然是我自撰之词。但如真的曾有什么“方派”的话，牵牵强强，似乎可以数出“三方”：方思、方莘、方旗。

我说方莘在现代诗中的地位是特殊的，因为他开向现代诗的几扇门，原来就是特殊的。方莘的一些好朋友，都不是现代诗中人：例如抽象画的韩湘宁、戏剧的邱刚健和小说的王文兴，都是他师大附中的同学。方莘是现代诗人中最接近绘画和音乐的作者之一，这一点可以说明，何以他也是现代诗人中最精炼、最纯粹的作者之一。方莘有一位画家朋友；他的《韩湘宁及其绘画》一文，是一篇上乘的书评。方莘更有一位欣赏西洋音乐的朋友；邱刚健的《诗人方莘》一文，从西洋音乐的角度论述方莘的诗，是一篇极有见地的诗评。对于现代各种艺术之间共通精神的敏感，一种高度秩序化的富于自觉的经营，一种形而上的玄想气质，加上虔敬的宗教情操，形成了方莘这一群作者的特色。

我说方莘是从现代画之门步入现代诗的，因为早期的方莘在本质上是一个意象主义者。他几乎完全符合了意象主义的六个信条。《膜拜》的第一辑中的十三首小品，不折不扣，都是意象主义的佳作，其中尤以《月升》《开着门的电话亭》《长街的忧郁》《雨》几首最为出色。这些小品，像是一张张线条清晰轮廓硬朗构图干净无比的钢笔画，置之庞德、杜丽达等人的集中，绝无逊色。但是从单纯的《月升》到比较繁复的《雨》，方莘的感官经验世界，一直在扩大。《雨》一首不但是这一辑中最完整迷人的版画，也是现代诗中罕见的小型杰作之一。

微醺的寒意自初绽的伞丛滴落
少年，散场之后
鞋钉踏不碎沿阶的暗喻
掌声浮起，如夏日的诺言
披发在一池摇曳的残荷之上
葵花子纷然落下，如众雏出壳
掩住了千座冰山
掩住一街多刺的荒寥

眼睛堆叠而起，成峡谷
成幢幢摩天的疑虑
波斯菊如林，嘘吸里
有乙醇冽冽的香气
时间是一张不锈钢的大唱片
回旋着 stereo 的忧郁

灰色灯芯绒的天空
有凝悬的巨大泪滴缓缓下降
少年，你的雨衣呢

像这样的一首诗，在感官经验的把握上，是完整无憾的。掌声和 stereo 立体声唱片的听觉，微醺和乙醇香气的嗅觉，寒意、鞋钉、多刺的荒寥、幢幢摩天的疑虑、灯芯绒的天空等似真似幻的触觉和弥漫全诗的那种灰蒙蒙的视觉，恰到好处地交融成一个独立自足的世界，令读者自然而然进入其中。

说到这里，我必须谈一谈诗人的组织力这个问题。我一向认为，一个诗人的才气表现在字句，但他的功力表现在结构，也就是说，才气常作点的表现，而功力见之于面或立体。譬如下棋，初习者往往为了贪吃一车一马而乱大谋，资深的棋士才知道何时可与车马周旋而何时应该为将帅而弃车马。大致上说来，才气属于禀赋，或多或少，凡诗人总会有那么一点的。创一个新词、铸一个新句法、用一个俏皮的典故、推出几个爽目的意象，或是排出几种悦耳的节奏，实在不算太难的事。难的，是将这些部分组织成整体的那种综合力。一首成功的诗，无论意象多繁复，必须有一个视觉的焦点，成为辐辏或辐射的中心。自从所谓现代主义，尤其是超现实主义的理论输入台湾的诗坛以来，不少作者沉醉于所谓“反传统”的消极的自由，以为所谓结构、所谓组织，已是落伍的美学观念。结果是意象的过分铺张、节奏的无限泛滥，芜杂的部分与部分之间，或因雷同而互相冲淡，或因相龃而彼此抵消，终不能成为一座屹立不摇的大建筑物。翻开目前的许多刊物，我们常会发现，那些所谓现代诗的作品，任增一段或任减三行，或者任意更动一个意象，似乎都无伤该诗的大局，因为本来就无所谓结构，当然也就谈不上什么“牵一发而动全身”。一首潦草的诗，在意象和节奏的发展过程中，绝无“必然性”（inevitability）可言，也就没有让读者把握到那种必然性时的过瘾之感。

库尼茨（Stanley Kunitz）在虚拟的答客问中，曾告诫一位青年诗人，具有才气和成为诗人之间，“并无夜以继日的逻辑关系。才气是不值钱的，你知道。平庸的动人特点之一，便是可靠，因为平庸之资必然产生平庸之作。但是有才的人会产生些什么东西，是毫无把握的。许多才子直截了当下了地狱。有才而无耐力，是最糟的厄运”。方莘的难能可贵，就在有才而不逞才。他既富于才气，又能约束它、驾驭它，以极为有效的方式将它发挥出来。也就是说，年轻如他，竟能在结构上寻求整体的效果，并表现出可观的综合与秩序感，在年龄与他相仿而才气与他相当的现代诗人中，是罕见的。

这种综合力和秩序感，似乎颇得现代画和现代音乐之助。诗中的意象主义，本来就通于画中的立体主义。从现代画中几何造型的角度去看方莘的小品，将获得加倍的乐趣。像下面的一首《长街的忧郁》：

基里科的橱窗中
没有少女的微笑

这一列青衫的小树们
早已展览完了
整个盛放的春天
在这初秋冰色的天空下
一个不会吹口哨的少年
正匆匆地行过
这一段白色方砖的
长街的忧郁

凡熟悉玄学画派大师德·基里科（Giorgio de Chirico），或者，更恰当地，巴黎派画家郁特里罗（Maurice Utrillo）的作品的读者，必能因为在诗中看见相似的画境而感到欣然。用同样的眼光去看《月升》，恐怕也会窥见克利的意境。方莘无疑是一个极为自觉的技巧家，在经营形式的手法上似乎层出不穷。除了《速度的变调》和《空虚的拥抱》一双孪生诗显得颇为牵强外，第一辑中的作品似乎都有不同的风貌。最有趣的是：几乎每一首新的作品都提供了一种新的技巧。《坐》一首在句法上的试验和节奏上的伸缩与重叠，可以说极为成功。第三段那种翻来覆去的回旋句法，恰如其分地暗示出一个倦于听课的学生那种朦朦胧胧、半明半媚的意识状态：

平静的呼吸翻动的书页莱布尼兹
的楫庄子的桨椅子连接着椅子
诵读漫漫的询问漠漠的答案
迟迟的流过流过意识的波浪
教授你的喉音喃喃坠落
坠落坠落喃喃的粉末

《练习曲》一首，可以说是现代诗中最好的自由诗之一。落笔轻、措辞淡、节奏舒缓而自然,《练习曲》纯属“天籁型”的杰作。在落笔重浊、措辞浮嚣、行文声色俱厉的现代诗之中,《练习曲》的透明、纯真和不自觉的无我之境，是极为难能可贵的。在虚无主义淹没了我们的诗坛之后，充耳莫非呻吟或嘶喊，满目尽是自暴自弃自戕自虐的表情，因此《练习曲》的出现，简直像一只皎白的珍禽从食尸鸟群之中飞来一样。在这首诗中，方莘注意的不是结构，而是语气，娓娓道来，似漫不经心，但效果极佳的语气。

如果你喜欢
就把话语刻在青柯上

到冬天，炉栅里

火光将细细阅读

整首《练习曲》清婉撩人似一笛牧歌；第四段最完美，旋律渐渐加快，到了段末，境界忽然大开，像现代电影剧终时淋漓恣肆推移不已的远距离镜头：

如果遗忘像一把伞
就让它乘风而去吧
当你赤足奔跑，在沙滩上

海，正升起千寻的狂喜
迎你而来

五十三年的春天，方莘曾在我主持的第二次现代诗朗诵会上自诵过这首诗。听众的反应很好，可惜作者一时腼腆，将诗中“林达”之名略去不读，似乎少了节拍的一个好听的标记。方莘在《膜拜》的后记中自谦说《练习曲》纯为练习而作。可是一位诗人的从事创作，每每也有无心插柳有意栽花的现象。《练习曲》中的水柳，似无心种植而竟然成荫。《藤萝架》上的花，似有意栽培而并未盛发。像第一段的四行：

颤摇着，绿的色点
重叠着，绿的色点
错综着，黑的弦线
延伸着，黑的弦线

过分秩序化，乃显得句法单调、滞而不流。其余各段，大致也是如此。在其他诗中，原是作者优点的对于造型艺术的敏感，在这首诗中，反而成为一个弱点。诗中有画，但诗究竟不是画，因为诗兼为空间与时间的艺术。《藤萝架》中所要表现的植物世界之静趣，有意象派女诗人艾米·洛威尔的《格式》一诗可以借镜。但在方莘这首诗中，它过分单调而抽象，给人一种含糊的印象，有若覃子豪那首《瓶的存在》。《热雨》一首，分段看来蛮好，具有意象主义的明艳朗爽。像下列的片段：

盛鹅黄的丰美
于早秋白色的瓷盘
以钢灰色忧郁的餐叉刺取

仍非泛泛之辈所能为功。但在整体上，《热雨》的组织仍不够浑成。对于索多玛（Sodom）的典故和欧本海默的发明两皆茫然的读者，可能难以窥识作者的用心吧。

主题诗《膜拜》的排列，呈巍峨矗立的断柱形式。这种齐足不齐头的排列方式，在《哀歌二三》之中为方旗所大量采用。邱刚健在《诗人方莘》一文中，认为这首诗具有巴哈圣乐的情操，且表现“欲与造化合一的最恳挚深远的意念”，因而臻于台湾现代诗十大作品的候选地位。邱刚健是少数欲将基督移植于台湾现代诗中的诗人之一，宜乎他对富有宗教情操的诗推崇如此。我的看法则不全相同。《膜拜》的立体感，那种上升和合一的欲望，以及通篇白净整齐如大理石的秩序，都是我所欣赏的。“彤云”“星光”“鸽子”三词象征式的临空悬列，尤其是虚悬在“拜波之塔”的上空，是颇能造成一种疑真疑幻的抽象之美的。只是所用典故，不是希腊神话，便是基督教义，给人浓厚的译诗幻觉。要我提名方莘的诗去竞选什么“十大”的话，我宁可提名《练习曲》《夜的变奏之一》，或者《咆哮的挽歌》。

《夜的变奏》二首都是极为杰出的力作。其中表现的境界，既非民族的，也非全球的，而是“念天地之悠悠”的宇宙浪子的感觉。这种飘飘乎历史之外且神游未来的太空时代的意境，这种星际的大寂寞，在吴望尧和纪弦的诗里，也曾经出现过，但不像方莘这样轻轻着笔，喃喃自吟，余味无穷。感觉延伸到宇宙的边陲，而说“只不过空虚在叙说着空虚”，拥有一整个夜，而说那只是“小小的贫穷”，未来的太空客恐怕比目前的现代人更寂寞吧。结尾的六行，在方莘一贯的组织力之下，织成完美无憾，小喇叭一样凄冷的旋律：

我甚至不敢企盼什么
不敢　在破晓未临的时候
歌　逃出这涡形的宇宙
想要说什么　也不敢
怕连这小小的贫穷
呵　夜　都会失去

如果说《夜的变奏之二》是一阕舒缓而间歇的铜管独奏，则《夜的变奏之一》的急管繁弦，诚如邱刚健所言，有如一个爵士乐队，甚至如聆电子音乐。在朗诵会上，如果能分成几部和声而诵，效果想必是匪夷所思的。这种持久不乱的组织力和同一主题的不同表现，不但保证作者在现代诗中的地位，也显示出他有待继续发挥的潜力。

这种组织力，表现在《去年夏天》之中的剪贴画手法上时，并不怎么成功。我觉得《去年夏天》太长，也太纷繁。和《去年夏天》相比，《咆哮的挽歌》虽然也显得有点过分纷繁，但具有一种滚雪球式的加速度的累积的气势。原来擅长短句的作者，在此使用了矫健有力的长句，复以简洁的或相类或相叠或相对仗的短句来焊合，相异的意象和句法之间形成了一股强大的张力。《咆哮的挽歌》置于《膜拜》全集之末，成为压卷之作，是极饶意义的，作者的中文修养在这首诗中负担起前所未有的压力。西方文学的影响不再那样流于字面、落入言诠；相反地，它已被吸入中国传统之中，成为新合金的一部分了。《咆哮的挽歌》显示出作者已自早期西洋的意象主义走向浓重厚实的中国意识，并自艺术的纯粹性深入了人性的繁复。

出身外文系、喜爱现代艺术的方莘，无可避免地接受了西方深厚的影响。这一点，不但反映在用典和嵌用西方诗人的名句上，甚且流露在无意的模仿之中。《练习曲》中，一引休姆的蛀蚀星空之不足，再引肯明斯的雨的小手，实无必要。艾略特那种神窃特技，让艾略特和庞德一对师兄师弟去表演吧。《黄金分割的错误》末数行，《迟到者》篇首的两行，显然皆师承麦克利希。《月升》固然如邱刚健所说，是一首“新颖大胆”的正宗意象派作品，唯意象的组合上，前一半蜕化于休姆的《秋》，后一半脱胎于肯明斯的《剑桥的女士们》。

在现代诗人之中，痖弦近于赋，叶珊近于兴。无论在本质上或手法上，叶珊和方莘都形成鲜明的对照。叶珊行云流水、左右逢源，方莘则剑及履及、一以贯之，其意都在沛公。叶珊具有法国印象画家的缤纷华美，但结构似乎不是他所关心的美德；方莘则接近立体主义，秩序感非常敏锐。他的均衡感和创造形式的能力，在没有收进《膜拜》的后期作品《头》中，仍持续不衰，而那种浓烈亮丽的画面，甚至胜过晚年的覃子豪。

一度，师大附中的校友之中，文艺的人才济济。除了扬名世界画坛的刘国松，现在台大任教而文名日隆的张健和王文兴之外，其他的杰出人物，包括黄用、刘大任、高准、韩湘宁、邱刚健和方莘自己，几乎都已"流"去海外。一个中学已经如此，整个台湾可想而知。近年来岛内现代诗几乎无以为继，因素固然很多，所谓"头脑外流"应该是其中重要的一项。不幸的是：科学头脑外流之后大半愈用愈灵，而文艺头脑外流之后，日渐脱离中国的现实和中文的环境，减产、停产的现象甚为普遍。方莘是现代诗中已有成就而潜力异常富厚的作者之一，自从前年去加拿大留学以后，似乎尚无任何新作寄回来发表，颇令我引以为忧。希望他在兼有英法文背景的加拿大，同时吸收两种文学的长处，汇入他中国的文学传统，而创造出比《膜拜》更杰出的作品。有一次，正好方莘缺课，我曾对他班上的同学宣称："方莘之名，必上中国文学史！"希望方莘不让我的预言落空。

盖棺不定论

千秋万岁名，寂寞身后事。一位作家，生前蹭蹬潦倒，或遭人误解，或受人冷落，眼看曲士得意、竖子成名，往往只有寄望于历史的评价。丹麦思想家克尔凯戈尔生前看尽世人的白眼，且以瘦胫的星象家与戴礼帽的公鸡之姿态，出现在哥本哈根报纸的漫画之中。死前不久，他说："我死后，世人将同声赞美我，而赞美的语气，将使青年误会我生前曾受人尊崇。这，也是真理在现实中蒙受的歪曲之一部分。以卑劣相向的时人，一旦我死了，将一反昨日的议论，而一切陷于混乱。"

一位作家的价值，很难获得定评，生前如此，身后亦然。生前，他容易招人曲解，致天下之恶皆归之；身后，他既已成为偶像，世人对他的溢美，也每每邻于迷信。相反地，也有生前享尽声誉，死后光芒毕敛或恶名横加的例子。而无论是低估（underestimate）或者过誉（overestimate），都不是一位作家应得的报酬，也会导致文学史的混乱。一般说来，我们对一位作家的恶评往往发自内心，但对于一位大师的称扬则往往出于附和，因为无论你如何诟骂莎士比亚，都不能稍减莎翁的权威，相对地，这样做，只能自绝于风雅。因此，在梁译莎士比亚戏剧全集的庆祝会上，社会名流，数以百计。其中究有几位能欣赏原文的佳妙，又有几位曾经认真读过中文译本？如果当场举行一次临时考试，恐怕将会证实，大半的来宾仅仅具有看银幕上的“王子复仇记”的资格吧。王彦章所说“豹死留皮，人死留名”，是另有用意的。对于附庸风雅之辈而言，一位大作家死后，除了名字之外，还留下了什么呢？

盖棺而论不定，于莎士比亚为尤然。莎士比亚死后七年，班江生即写了一首长诗赞美他，称他为大师，并说他“不属于一代，属于千秋”。又七年之后，年轻的弥尔顿写了一首短诗献给他，说他的盛名何须金字塔的见证。但三十多年后，进入复辟时期，在法国文学批评，尤其是布瓦洛的影响下，一些平庸的作家，对于不屑遵守古典戏剧格律的莎士比亚，表示不满，甚至视为“野蛮”。日记家佩皮斯（Samuel Pepys）对莎翁戏剧的反应，可以代表十七世纪后期的一般态度。他在日记里这样记载：“今日同去看了《仲夏夜之梦》，生平看过的戏里，没有比这更乏味、更可笑的了，我决不要看第二遍。”十八世纪的英国文坛，对于莎士比亚不能说不够重视，但是一个弥漫着理性主义的时代，是无法了解浪漫的莎士比亚的。当时的诗坛泰斗蒲柏，曾自不量力，编了一套莎士比亚全集，结果是谬误百出，为专家萧博德所笑。对莎士比亚的崇拜，始于十九世纪初的浪漫主义；在柯勒律治、兰姆、哈斯立特、德昆西的批评之中，崇莎热（Shakespeare idolatry）臻于高峰，迄二十世纪而不衰。可是在外国，莎士比亚的股票亦时涨时跌。法国浪漫派的大师们，如雨果、缪赛、戴拉克鲁瓦和贝辽士，固然将莎士比亚奉为神明，但是在十八世纪，伏尔泰曾经对莎翁大肆攻击。伏尔泰曾经留英三年，回国后屡在作品中介绍莎翁，但等到法国的文艺界显示崇莎的倾向且将莎士比亚与法国悲剧大家高乃依相提并论的时候，伏尔泰竟因妒生嗔，讥莎翁粗鄙不文，说“莎士比亚是一个野人，只有几星天才的火花，在可怖的夜里闪现而已”。

某些文学批评，常从唯物史观的角度，攻击莎士比亚。十九年前，我念厦门大学外文系二年级的时候，有一位患“左倾”幼稚病的同学，在报上发表了一篇这样的文章，指控莎士比亚为贵族阶级的御用文人、戏院的股东、女皇的伎伶。愤怒的我，立刻和他展开论战，为莎翁洗刷莫须有的罪名。事实上，当时我对于莎剧的种种，并无深切了解。

在“左倾”的浪潮中，中国的古典大师往往成为罪人，被拖出来“鞭尸”。中年以后的闻一多，生活困苦，情绪紧张，在同情郊寒岛瘦之余，竟然诬苏轼作帮闲文人，充倜傥才子。陶潜的命运，似乎也飘摇不定。中国诗人邮票四种，有白居易而无陶潜，拥陶派情何以堪？以陶潜在中国文学史上的崇高地位而言，在诗宗词曹之中，难道连四名以内都考不上？白居易固然成就可观，但他那种忧时爱国的写实风格，标出杜甫一人已可概括其余，何必于此风格亮、瑜并列，而于高士襟怀则独付阙如？白居易在《与元九书》中曾自谦说：“古人云：‘名者公器’，不可以多取。仆是何者，窃时之名已多。既窃时名，又欲窃时之富贵，使己为造物者，肯兼与之乎？”白居易可以说是诗人之中最为幸运的一位，不但及身而享盛名，眼见自己的大作，题于“乡校佛寺，游旅行舟之中”，咏于“士庶僧徒孀妇处女之口”，即在千载之后，无论海内海外，亦皆香火不绝。在海内，他已经上了最高额的三元邮票。在海外，经阿瑟·韦利等人的再三译介，Po Chu-i 的大名，久已凌驾杜甫，媲美李白。

古人棺木已朽，议论尚犹未定。今人坟土未干，评价自然更难一致。胡适去世已经六年，倒胡的遗老宿儒迄今仍喋喋不休，咬定白话文断送了中国的固有文化，而西化思想是中国一切乱源。拥胡人士则趋向另一极端，犹津津乐道他牙牙学语的白话诗和已经落伍的美学思想。在动荡的现代中国，大多数的名作家，恐怕都要暂时悬在棺已盖而论未定的虚空中，等待尘土落定，历史来为他们从容画像。例如周氏兄弟，今日棺已皆盖，而时论纷纷，就是现代文学史典型的问题人物。

现已八旬有三的美国诗人庞德，也是这样的一个问题人物。但有时，那“问题”不是政治的或道德的，而是美学的。从文学史的观点看来，后者毋宁是更为严重。例如“五四”人物中，徐志摩的诗和朱自清的散文，素为新文学的读者所称道，迄今仍有不少人，言新诗必举《再别康桥》，言散文则必推《背影》，好像自二十年代迄今的四十年中，中国的新文学贫乏得只留下这么两篇小品。事实上，从现代文学的标准看来，徐志摩只能算是一个次要诗人。以浪漫诗人为喻，他的地位大约相当于托马斯·莫尔（Thomas Moore）或者拉尼尔（Sidney Lanier）。拿徐志摩来比拟拜伦或雪莱，是外行人语，因为他既无《唐璜》那样丰富的巨著，也没有《西风颂》《致云雀》《云》那样精纯的力作。至于朱自清的散文，清畅平易而已；这种只求无过不望有功的文体，比起前贤的前后《赤壁赋》一类杰作，直如淡茗之于醇醪。

文学批评，常有影响力（influence）一说。传统的观念，以为所谓影响，只是前人施之后人，呈单行（one way）状态。事实上，后人对前人，今人对古人，也是有影响力的。文学史的透视，往往因为加入了新的因素，而呈现新的全景。某一时期的文学，谁是主角，谁是配角，原来秩序井然，尊卑有别，成为一个所谓 hierarchy 等级制度；可是到了下一个时期，由于美学思想变了，或者发现了新的史料，前一时期的文学原有的秩序，便必须加以修正了。例如唐人的文学批评，并尊李杜，到了宋人笔下，便尊杜而抑李；更有以老杜、山谷、后山、简斋为一祖三宗之说。又例如在十九世纪后期，丁尼生几有独步诗坛之概，到了二十世纪，反浪漫运动既兴，便有人将白朗宁置于丁尼生之上，等到霍普金斯的诗集出版，丁尼生在维多利亚时期的压倒性优势，更是摇摇欲坠了。

因此盖棺不定论，可作三解。第一，伟大并无绝对可靠的标准。文学风气多变，批评思想日新，今日的巨人可能变成明日的侏儒，因为明日的尺寸将异于今日，或因一位新巨人之发现而使旧巨人“矮了半截”。一位名作家，常以另一名作家为“假想敌”，念兹在兹，以为身后与争千秋之名者，当为斯人无疑。结果可能两人都假想错了：从一个不知名的角落里，忽然闪出一个无名的角色，把桂冠摘去。拜伦一生妒忌湖畔诗人，尝谓诗坛非一家禁地，班主宝座，当有史考特、罗吉士、甘宝、穆尔、克拉布相与竞逐，不料上述五人皆属配角，而真正的主角却是他所忽略的雪莱和济慈。第二，同行相妒，文人相轻。一位作家常会幻想，百年后，历史当是我所是，而非我所非。事实上，历史的演变常由相对甚或相反的力量所促成；在某一时期之内，基督固然取代了恺撒，但从整个历史着眼，则恺撒仍是恺撒，不容抹杀。当时曾是敌人的作家们，在文学史上往往是香火共事、秋色平分的。冤家果然路窄。“愧在卢前，耻居王后”，结果仍是王杨卢骆，挤在一间小庙里。革命党的弥尔顿和保皇党的骑士诗人们，不但是文敌，甚至是政敌，而事过境迁，同登十七世纪诗史。伏尔泰和卢梭，一个是古典大师，一个是浪漫鼻祖，生前是死敌，殁后同葬伟人祠中，成为近邻。第三，大众习于权威，安于攀附。除了少数例外，一位大作家，一个新天才的出现，通常皆有赖一小撮先知式的读者，所谓 élite 者的发掘与拥护。这种情形，不独在作家的生前如此，即在身后也往往会持续一段时期。甚至于，在那位作家的伟大性已获公认之后，真正能欣赏他的，恐怕还只是那一小撮知音。唐朝的李贺、李商隐，宋朝的陈师道、陈与义，英国诗中的约翰·多恩、白朗宁、霍普金斯等，都是这种例子。在所谓“大众传播”日趋发达的今天，电视、电影、广播、报纸、流行的杂志等几乎垄断了国民的美感生活，成为文艺鉴赏的掮客集团。“报上说那本小说已经在拍电影了！”便是小市民最现成最有力的引证。把一个民族的精神价值，交给这些文艺买卖的掮客去决定，是一件非常危险的事情。现代作家的孤绝感，一部分因此形成。不过，盖棺虽难定论，得失存乎寸心，文运不绝如缕，一半有赖作家的自知与自信，另一半则有赖那些先知先觉的读者。至于那些掮客，无论喊的是古董或是时装，呼声再响，历史的耳朵是听不进去的。

喂，你是哪一派？

文学和艺术上的派别，名目之繁、误人之深，莫如二十世纪。在李白的时代，什么派也没有，大家都写得很自然，也很快乐。李白只顾写李白的诗，根本不烦心什么“浪漫派”；杜甫也不会想到，千年后，自己会被人编进“社会派”或者“写实派”里去。现在的情形就不同了。一位“新锐”的作者，听说他自己什么派都不是，会终日怅然若失。宗派和主义之多，一如帽子的款式，有时甚至令人有见帽不见人的感觉。宗派和主义的名义愈堂皇，那顶帽子就愈高。凡人大半爱戴高帽子，侏儒尤其如此。听说自己是“某某主义最前卫的作家”，恐怕没有几个人不欣然接受的。有人爱戴高帽子，自然就有人大量制造，反正是免费的，乐得人各数顶。于是一时帽影蔽天，这种加冕的喜剧恒在进行。

但是一个创造的心灵，原来具有非常繁复的生命，哪有那样便于归类呢？哪有一位杰出的作家，是为了填文学史的某个空格子而创作的呢？天才，正如王鼎钧先生论梵高时所说的，原是一个不规则的多角形，无论摆在哪个方格子里，都显得有点别扭。所谓派别，大半是当时的批评家，或后来的文学史家，为了便于论述某一趋向或潮流，而使用的一个名词。他们在某些作家之中，归纳出几个近似的性质，多少带点牵强和扭曲地冠以一个名称。于是拜伦和济慈就合戴上一顶叫作“浪漫主义”的大帽子。然而派别的帽子，只能彰其同而不能显其异；通常，一谈到同派作家的相异之点，外行人就露出马脚来了。同属所谓浪漫主义，恐怕没有两位诗人比拜伦和济慈相距更远了。拜伦心目中的自己是一个神人不容的孤独而高傲的叛徒；济慈想象中的自己是一个耽于感官经验、从容殉美、九死不悔的少年。拜伦笃信民主与自由，热衷于改造与革命；济慈对于法国大革命没有什么兴趣，政治的意识不够强烈。拜伦对于宗教与道德，虽然冷嘲热讽，对于罪恶却极敏感；济慈对于善恶的对比，似无多大兴趣。济慈崇拜希腊，而非基督中人，无怪乎华兹华斯称他的作品为“异教的漂亮玩意儿”（a pretty piece of paganism）。拜伦在欧洲，成为浪漫主义国际性的代表人物，但在批评的思想上，他却一生低首新古典的大师蒲柏；济慈对于十八世纪的文学似乎兴趣缺缺，他的偶像是伊丽莎白时代的斯宾塞和莎士比亚。总之，拜伦在文学史上是一个承先的人物，济慈则颇有启后之功。同属浪漫主义，相异有如是者。那么，究竟什么是浪漫主义呢？

同样的一个名称，在不同的场合具有不同的意义。“浪漫主义”似乎偏重美学思想；“浪漫派”似乎特指文学史的分类；至于“浪漫”一词，含义就似乎很朦胧而游移了。因此，当一本中国文学史的编者称李白为“浪漫诗人”或者“浪漫派诗人”的时候，我们实在不知道他是什么意思。还有一本中国文学史把李白纳入什么“边塞派”，那就更显得没有意义了。一位风格繁复的艺术家，实在是无法加以归类的。发展较为一致的一些艺术家，如梵高、莫迪里阿尼、德·克伊利科，如乔伊斯、海明威、劳伦斯、玛莲·莫尔、威廉斯等，固然比较容易区分，可是发展过程比较曲折的一些，如画中的克利、毕加索，诗中的叶芝、奥登等，就“一言难尽”了。我们可以武断地说，一位艺术家最微妙、最精彩的地方，往往就是他不能归类的那一部分。

运动、趋势、流派，好像一阵潮水。潮来的时候，鱼龙齐舞，凡水族都显得非常活跃。一旦潮退，往往只留下一些次要的角色，“搁浅”在历史的沙滩上。在现代的工业社会中，集会容易，大众传播也方便，这种现象尤其普遍。以现代绘画的立体主义为例：立体主义兴起于第一次世界大战前几年的法国艺苑，可以说是对于重色而不重形的印象主义的一大反动。如果说，印象主义的目的在于向古典主义要求色彩的解放，则立体主义的目的在于向印象主义索取形象的自由。发轫之初，毕加索和布拉克将塞尚对自然的观念发扬光大，且把自然分析为无数色彩沉闷的立方体。到了“综合的立体主义时期”，遂有格瑞斯和雷惹继起，将毕加索和布拉克拆散的视觉世界之碎片缀合起来，于是单调的色彩变成亮丽的复色，破碎的几何图形变成隐现而交叠的物体。不久立体主义的精神被西方的画坛所普遍接受，化为未来主义、纯粹主义、构成主义，甚至玄学画派的养分，而立体主义本身，在达成了它历史的任务之后，也就退入背景中了。毕加索生生不息，继续向前发展，不久就超越了他自己首创的立体主义，而推出新古典、变形、表现等新风格。他旧日的同伴，像夭亡的格瑞斯和后死的雷惹与布拉克，则依然守住立体主义的造型思想，作有限度的小小变奏，以迄晚年。

又如庞德，原是一九〇九年到一九一七年间盛行于英国诗坛的意象主义的创始人，但是到了意象主义活动的后半期，他便退出了那个运动，把领导的地位让给了艾米·洛威尔。才高气盛、活力过人的庞德，注定了是不能被囿于某一理论的范围的，即使那理论是由他自己所提出。庞德终于超越了意象主义的限制，迈向《莫伯里》和后期《诗章》的开阔境界。但是一些次要的作者，如杜丽达女士和弗莱契等，就“搁浅”在意象主义思想的岸上，终身从事那种松弛而单调的自由诗的轻工业。如果庞德始终迷信意象主义的理论，恐怕一直到现在他还在写类似《车站》那样的小品呢。

目前，自由中国的文艺界，对近代西方文艺的流派，往往表现出趋于极端的态度。有一些人无知加上自信，对外来的事物从不稍加研究，只晓得望文生义，结果是误“抽象”为“印象”，呼“意识流”为“新潮”。落笔轻率的记者和开口便错的文豪，皆在此辈蒙瞽读者之列。另一些人的态度则趋向另一极端。由于过分迷信西方现代文艺，他们战战兢兢，亦步亦趋于正在流行或祖母时代已经流行过的运动之后，效颦唯恐不似。将来遭遇“艺术搁浅”的，恐怕也就是今日这些乘风破浪的豪杰。

王仁璐女士所说的“所谓现代，就是没有派别”是解释现代文艺的一句最内行的话。“喂，你是哪一派？”如果有人问我，我的回答将是：“一派也不派，除了苹果饼，apple pie！”

后记

像《左手的缪斯》和《逍遥游》一样，这本《望乡的牧神》也是一部庞杂的文集。二十四篇之中，仍以文学批评，尤其是有关诗的批评为主，而以自传性的抒情散文为副。评论的文字，或为维持一个专栏而定期撰写，或因编辑苦苦相逼稿债难逃而完成，或据演讲底稿而扩大、重组。自从前年夏天回来，应邀在各大学及学术性的场合，发表演说先后在三十次以上。《中国古典诗的句法》及《中西文学之比较》便是这样一举两得而得来的。两年来发表的论评文字，当然不止这些，其中有关英美现代诗人而屡在《纯文学》与《幼狮文艺》刊出者，都已纳入近日出版的《英美现代诗选》之中。

从《咦呵西部》到《地图》等五篇，都是我所谓的“自传性的抒情散文”。这五篇的风格，仍为《逍遥游》中同一类作品的继续发展。不少读者，包括识与不识，曾因我近日少写这类作品而频频相询。原因之一，是有些可诗可文的主题，我都在诗中处理了。像《或者所谓春天》和《在冷战的年代》等诗中的题材，自信用散文来表现，也可以赢得同情。只是这两年来，我对于现代诗的看法颇有改变，认为现代诗若要充实自己的生命，必须超越“第一人称的艺术”的狭隘诗观，向散文，甚至向小说和戏剧去收复诗的失土。这当然并不意味我要放弃自己在散文创作上的这片疆土。

从这本书中，读者当会发现，我对于论战一类的文字，是愈来愈无兴趣了。如果双方知识悬殊、动机互异，甚或在人品上不起联想作用，则论战云云，是毫无意义的。近年来作者成为某些攻讦文字的对象，颇使多情的读者表示关切。在此我愿意做一个总的答复：一个人如果灵魂是清白的，他衣服上偶然沾来的几个斑点，终会在时间之流中涤去。

我甚至懒得伸手去拂拭。有谁，是穿着衣服走进历史的呢?

图书在版编目（CIP）数据

望乡的牧神 / 余光中著. — 北京：中国友谊出版公司，2019.5（2022.11重印）
ISBN 978-7-5057-4694-7

Ⅰ. ①望… Ⅱ. ①余… Ⅲ. ①散文集－中国－当代
Ⅳ. ①I267

中国版本图书馆CIP数据核字（2019）第069719号

著作权合同登记号　图字：01-2019-2741

本书由台北九歌出版社有限公司授权出版。

书名　望乡的牧神
作者　余光中
出版　中国友谊出版公司
发行　中国友谊出版公司
经销　新华书店
印刷　北京联兴盛业印刷股份有限公司
规格　880×1230毫米　32开
　　　8.25印张　160千字
版次　2019年5月第1版
印次　2022年11月第2次印刷
书号　ISBN 978-7-5057-4694-7
定价　49.80元
地址　北京市朝阳区西坝河南里17号楼
邮编　100028
电话　（010）64678009

如发现图书质量问题，可联系调换。质量投诉电话：010-82069336